人间难站

忽兰 著

华龄出版社
HUALING PRESS

有 态 度 的 阅 读

小马过河（天津）文化传播有限公司

目 录

戚蓼生和江顺怡

《红楼梦》老老实实的刊印本，是戚本。浙江德清人戚蓼生不主张续书，亲自作序刊出。共八十回。乾隆年间，他在序中说道："盖声止一声，手止一手，而淫佚贞静，悲戚欢愉，不啻双管之齐下也。噫！异矣。"

奇书！戚蓼生的判定。此时曹雪芹已离开人世十多年。

加了脂批，所以叫脂戚本。从脂批里可以预见到人物后来的命运。脂批《红楼梦》，在许多读者心中是完本《红楼梦》。

有心计并失相的刊印本，是去掉脂批，高鹗续写后四十回，由程伟元刊出的程高本。时间是乾隆后期。

他们和曹雪芹都是生活在1715年到1815年这一百年里的人。

再向后半个世纪，到了1862年，清穆宗同治年间，有一个叫江顺怡的人，他写了一篇八页纸的文章，叫作《读〈红楼梦〉杂记》，这是较早的、很优秀的对《红楼梦》的书评。

他说："《红楼梦》，悟书也。其所遇之人，皆阅历之人。其所叙之事，皆阅历之事。其所写之情与景，皆阅历之情与景。正如白发宫人，涕泣而谈天宝，不知者徒艳其纷华靡丽，有心人视之，皆缕缕血痕也……"

这个观点来自脂砚斋在开篇里所言："事则实事，然亦叙得有间架，有曲折，有顺逆，有映带，有隐有见，有正有闰，以至草蛇灰线，空谷传声，一击两鸣，明修栈道，暗度陈仓，云龙雾雨，两山对峙，烘云托月，背面傅粉，千皴万染，诸奇书中之秘法，亦复不少，予亦于逐回中搜剔刳剖，明白注释，以待高明再批示误谬。"

脂批总有断语：真有是事，真有是事。

脂砚斋和畸笏叟

脂砚斋定是当年大观园里存在过的一个女子，后来成为曹雪芹的伴侣、孀妇。不然何来亲见亲闻。

她每每的判断，颇有英气。说贾雨村乃奸雄，连用三五个奸雄来批注。说了袭人诸多好处，但也断然说她乃背信弃义者。说到小红，肯定小红有志，而被晴雯、秋纹等认为是奸邪辈，受到压制。写宝玉：面若中秋之月，色如春晓之花。此处批：“少年色嫩不坚劳”，以及“非夭即贫”之语，余犹在心，今阅至此放声一哭。

只有女性动辄放声一哭。男性似乎喜欢悲戚哽咽。

上海《晶报》《红楼佚话》里有说：某笔记言，宝钗早卒，宝玉沦为击柝的役卒，史湘云则为乞丐，后乃与宝玉为婚。

脂砚斋，磨制胭脂的石砚，含胭脂，有书香。第二十一回写宝玉到黛玉、史湘云那里玩，看到桌上的胭脂，又习惯性地拿了起来，结果史湘云看到，从他手中将胭脂打落，说道：“这不长进的毛病儿，多早晚才改过！”

首先脂砚斋定是一个女性，其次脂砚斋是一个懂得宝玉并管得住宝玉的人，所以堂堂然用脂砚斋做自己的别名。

两百多年前，曹雪芹和脂砚斋先后下世，有一个叫畸笏叟的人，继续下笔阅批《红楼梦》。

脂砚斋多是夹批。畸笏叟多是眉批。

有人推敲，畸笏叟也许就是曹雪芹的父亲曹頫，曹家最后一任江宁织造官员。雍正六年（1728），曹頫因骚扰驿站、经济亏空、转移家产等罪被革职没收家产，举家迁回北京，后事不详。

后事不详，可也是住在了北京西郊的黄叶村，目睹爱子曹雪芹泪血砌《红楼梦》？

第十六回甲戌本有它的前总批：借省亲事写南巡，

出脱心中多少忆昔感今。

畸笏叟因为在官场惊涛中苟全性命的小心，命芹溪（曹雪芹）删去天香楼一节，甲戌本十三回回末总批有：秦可卿淫丧天香楼，作者用史笔也。老朽因有魂托凤姐贾家后事二件，岂是安富尊荣坐享人能想得到处？其事虽未行，其言其意则令人悲切感服，姑赦之，因命芹溪删去。通回将可卿如何死故隐去，是大发慈悲心也，叹叹！壬午春。

史笔——真有是事？

与《红楼梦》这部书有关的轶事还有一件，顾颉刚先生给俞平伯先生的信里写道：《晶报》上《红楼佚话》，某言，其祖少时居京师，曾亲见书中所谓焙茗者，时年已八十许，白发满颊，与人谈旧日兴废事，犹泣下如雨。

《红楼佚话》还说：书中的焙茗，据他说，秦可卿是与贾珍私通，被婢撞见，羞愤自缢死的。

半部《红楼梦》，人间恨事。但或许也正是此书的命数、作者的意图所在。绝代风华已经演绎完毕，人物终究会怎样，通过前八十回埋伏的文字和脂批、畸笏叟批，已可一窥。

以一窥代替全豹，同两山对峙、烘云托月、背面傅粉一样，是作者使用的一种文学手段也未可知。

翻筋斗

《红楼梦》二回，第一次经历官场风波而解职游览天下的贾雨村，因盘缠涩滞，去给淮扬盐政林如海的女儿林黛玉做教席。

贾雨村暇余之时，偶至郊野，遇见智通寺。

智通——世事洞明，人情练达，颇有心机。含讽。

《红楼梦》中怀有心机者，被称为“机变”能力强：

贾琏（色）——冷子兴语：不喜读书，于世路上好“机变”。

凤姐（狠）——冷子兴语：贾琏倒退了一射之地……心机（机变）又极深细，竟是个男人万不及一的。

宝钗（毒）——凤姐语：拿定了主意，不干己事不张口，一问摇头三不知。二十七回有脂批：闺中弱女机变，如此之便，如此之急（宝钗丑态）。

薛姨妈（奸）——外表慈蔼，毫无破绽，善于布局，金玉良缘说的制造者。

袭人（恶）——众人语：西洋花点子哈巴儿。

贾雨村（酷）——上司语：生情狡猾。

判定何为心机重的人？看他（她）是否伤害到周围无辜的人。

贾母周全，元春城府，黛玉聪敏，晴雯机敏，小红伶俐，贾芸善于筹谋，但非心机者。因慧根本善。

智通，对应的是守拙。安于愚拙，不学巧诈，不争名夺利。陶渊明“开荒南野际，守拙归园田”——守拙在中国自古至今是高洁君子的处世智慧、立身之本。老子言：大巧若拙。

则智通者愚，守拙者慧。

且说智通寺。

贾雨村迎面看见，智通寺挂着一副破对联——身后有余忘缩手，眼前无路想回头。

无路，太虚幻境中如此描述：荆榛遍地，狼虎同群，忽尔大河阻路，黑水淌洋，又无桥梁可通……极险。

脂砚斋言：这对联是一部书之总批。

智通者的结果——人的妄纵，及至绝境，叫苦不迭，难耐凄凉。

何为妄纵？作者如是说：今之人，贫者日为衣食所累，富者又怀不足之心。纵一时稍闲，又有贪淫恋色、好货寻愁之事。

伏下随即而来的薛蟠打死冯渊强占香菱事。伏下贾珍与秦氏之耻。伏下贾赦强占石呆子的古扇并令其家破人亡事。伏下贾琏一而再再而三的风月事。伏下贾赦为钱财将迎春嫁于孙绍祖，迎春被折磨而死事……

贾雨村看着对联暗自思忖：其中想必有个翻过筋斗来的。

翻筋斗，何意？我们常用的表达有跌过跟斗、摔过跤。如果把一辈子连着摔过的跤连缀起来，可不就是翻筋斗！而不是跌跟斗了。

曹雪芹在《红楼梦》开篇里说：今日一事无成、半生潦倒之罪，编述一记，以告普天下人。虽我之罪固不能免，然闺阁中本自历历有人，万不可因我不肖，则一并使其泯灭也。虽今日之茅椽蓬牖、瓦灶绳床，其风晨月夕、阶柳庭花，亦未有伤于我之襟怀笔墨者……

雨村走入寺庙，有一个烧饭的聋且昏的龙钟老僧，他的生活是“茅椽蓬牖、瓦灶绳床，风晨月夕、阶柳庭花”。

这正是作者中年生活的自我写照。曹雪芹潦倒之后（一生的筋斗）移居北京西面香山脚下，关帝庙旁小屋里十年披阅，放下《红楼梦》，四十九岁去世。

这里先切入曹雪芹在西山红叶村留下的印迹，再去说那贾雨村。

曹雪芹三十五岁到四十五岁创作《红楼梦》期间有知己爱新觉罗氏的敦敏和敦诚兄弟二人，是努尔哈赤第十二子英亲王爱新觉罗·阿济格的五世孙。

曹雪芹是丰润曹氏辽东支第十六世孙。其六世祖曹世选于明末为后金所俘，编入正白旗为包衣（皇室仆从）。

曹家在满洲皇室包衣中发迹，是从曹世选的儿子曹振彦开始的。曹振彦作为多尔衮的亲兵，保护多尔衮行军征战，后以功臣的身份随多尔衮入京。

曹振彦的儿子，就是清朝的第一任江宁织造曹玺，妻子是康熙皇帝的乳母。曹玺死后，儿子曹寅接任。据说，曹寅与康熙从小一起长大，感情深厚。康熙六次南巡，四次住在曹寅家中，曹寅也因此出现巨额亏空。

曹寅死后，儿子曹颙接任。曹颙没有后人，康熙指定曹寅弟弟曹荃（宣）的儿子曹頫继续任职江宁织造。江宁织造一职是专门负责朝廷采办的衙门，可见当时曹氏在康熙皇帝心中的地位。

而曹頫就是曹雪芹的父亲。

需要知道的是，多尔衮的同母弟阿济格在多尔衮死后，因急于谋取辅政王之位，曾被夺爵，后又抄没家产，全家革除宗籍，直至赐死。乾隆时期，敦敏家族恢复了皇室宗籍，但仍处于被排斥的地位。家世际遇在心底留下的深深烙印，使他们一生沉浮在郁郁寡欢之中。为排遣心中苦闷，常寄情山水，纵情诗酒。

敦敏和敦诚亲眼见证了曹雪芹的西山生活。有赠诗为证：

满径蓬蒿老不华，举家食粥酒常赊……何人肯与猪肝食，日望西山餐暮霞。

——敦诚《赠曹雪芹》。

劝君莫弹食客铗，劝君莫扣富儿门。残羹冷炙有德色，不如著书黄叶村。

——敦诚《寄怀曹雪芹》

现在回到开篇里贾雨村晃晃悠悠蓦然遇见的荒寂小寺庙破对联和老和尚。

曹雪芹想说什么？

他是蓦然思悟到了一个集多少人的影子于一身的自己——当日在黄叶村著书的一介贫穷落拓的末族书生。

被脂砚斋数次评为奸雄的贾雨村，何尝不是黄叶村著书人身上的一个分身。好端方正直却也愚贤愚忠愚善的贾政又是一个。又老又聋的智通寺老和尚是一个。超然世外不入仕途但也每每难耐凄凉的自己也是一个。那跟着跛足道人趔趄小跑而去的甄士隐是一个。

《红楼梦》开篇中空空道人是曹雪芹的最重要分身——不知过了几世几劫，因有个空空道人访道求仙，忽从这大荒山无稽崖青埂峰下经过，忽见一大块石上字迹分明，编述历历。空空道人乃从头一看，原来就是无材补天，幻形入世，蒙茫茫大士、渺渺真人携入红尘，历尽离合悲欢炎凉世态的一段故事。

空空道人看故事，曹雪芹写下来。

“空空”二字和曹雪芹的瓜葛——写《清代著名词人之一纳兰性德》一文的作者杨奕先生，长期生活在京西，曾说：“就在曹雪芹白家疃居所的南边山根，曾有一座小庙独立山麓。庙一间，面积约十平方米。因为庙中没有神祇偶像和牌位，空空荡荡，当地人叫它‘空空庙’。此庙于20世纪70年代末80年代初平整土地时被拆除。”

警幻仙子说的——历饮馔声色之幻，或冀将来一悟。

写作《红楼梦》时的曹雪芹，因“空空”，得来了他的悟。

戚蓼生所言极是：此悟书也。

脂砚斋则说：此救世书也。

我言：世人都是梦中人，读罢《红楼梦》方大觉。

曹雪芹清醒地想到，奸雄如此的贾雨村尚且官场沉浮数次，因嫌纱帽小，致使锁枷扛。忠良如是的贾政因数次接驾亏空巨大惨遭没籍终至萧条。即使如贾兰科举中第，不过是气昂昂头戴簪缨，光灿灿胸悬金印，威赫赫爵禄高登，威赫赫爵禄高登，昏惨惨黄泉路近。问古来将相可还存？也只是虚名儿与后人钦敬。

把各种可能命运的路径探看了一遍的人，深谙人性和命数，下笔岂有果真的褒贬。

引唐张若虚《春江花月夜》诗句：

江畔何人初见月，江月何年初照人？
人生代代无穷已，江月年年只相似。
不知江月待何人，但见长江送流水。

所以那贾雨村，担着清风两袖，被一副破对联唬住，且在心里思忖，这里面必定有个翻了筋斗过来的也未可知。

《红楼梦》里每个人的筋斗，交织的筋斗，从这里开始了——贾雨村在村肆遇见冷子兴，并就此嘎吱推开了荣宁二府的朱红大门。

满床笏

满床笏。最大的跟斗。

贾母某年五月初一日奉元妃旨意在清虚观里打平安醮时在神前拈的戏目。《满床笏》后的戏目是《南柯梦》。

贾母听了拈戏的结果，便不言语——即使繁华，亦是瞬息。

笏，指的是古时候朝廷里的大臣上朝时双手所持的板子。

这个戏说的是唐朝名将汾阳王郭子仪六十大寿时，七子八婿皆来祝寿，由于他们都是朝廷里的高官，手中皆有笏板，拜寿时把笏板放满了床头，传为佳话。共十二出。第十一出是赐婚。旦曰：夫人亲子年方一十三岁，我的升平公主今年亦是十三岁了。再迟两载，正好成婚。今日与夫人面定了罢。

估计黛玉听见拈了《满床笏》这出戏，静默无声。后文有交代，黛玉回家中了暑。意思就是她身体不适，触动了心事便懒怠起来也在情理中。二十九回的回目叫：享福人福深还祷福，多情女情重愈斟情。

情重？病重？

满床笏还出现在七十一回，贾母八十大寿，甄家送来一架大屏，十二扇大红缎刻丝《满床笏》。贾母说，好生搁着，我要送人。

送谁？

一对新人。宝玉是贾府新一代蟾宫折桂的希望。

王熙凤说过，宝玉和林妹妹他两个一娶一嫁，可以使不着官中的钱，老太太自有梯己拿出来。

沉默的王夫人、元春、薛姨妈、王子腾、薛宝钗和袭人。

元妃在平安醮这一回里已经以“礼物的分配”从宫中遥遥地表明了态度：宝钗许配给宝玉。应是王夫人对女儿的授意，以元春态度制衡贾母。

虽元春有意为母亲寻一个臂膀，将精明能干善机变的宝钗许给宝玉（贾府的传统是善于机变的人总管家务，如王熙凤和贾琏。过于老实本分的李纨则退后一射之地）。

但贾母在清虚观对张道士的说亲一口回绝。

张道士，是与贾代善同时代的人，当年贾代善的替身，且与贵妃元春的私交甚好（贾府奉元妃之命，到清虚观打三天的平安醮）。他是可以有资格介入宝玉婚事的。他和贾母说过，只宝玉身上有当年贾代善的影子。诸多迹象表明，宝黛的婚事争锋已有，“风刀霜剑严相逼”的关头已到。

贾氏家族的满床笏未来，可否能实现，在宝玉、贾环、贾兰身上。在第 ·回里甄士隐的《好了歌》注解就已断出：陋室空堂，当年笏满床。衰草枯杨，曾为歌舞场……金满箱，银满箱，展眼乞丐人皆谤……乱烘烘你方唱罢我登场，反认他乡是故乡……

所以曹雪芹的父亲曹頫落魄之后给了自己一个别名：畸笏叟。畸，残余、零星的意思。畸笏叟意为官场没落者。

如秦氏托梦给凤姐所说，又道是“登高必跌重”。如今我们家赫赫扬扬，已将百载，一日倘或乐极悲生，若应了那句“树倒猢狲散”的俗语，岂不虚称了一世的诗书旧族了。

秦氏最后交代的话是：多置祭祀产业，家塾设在其中，便是有罪，不入官。即便败落下来，子孙回家读书务农，也有个退步。

听了此话，凤姐诧异，诧异之后是未放心中，只当是陈腐劝诫老话罢了。

回家读书务农，对应满床笏。白茫茫大地真干净。

黄叶村

曹振彦（多尔衮手下的功臣）五世孙曹雪芹晚年住在西山一个非常僻静的地方，单门独户，此地名曰黄叶村。

阿济格（多尔衮同母弟）五世孙敦敏在一篇访曹雪芹记里注云：其地有小溪阻路，隔岸望之，土屋四间，斜向西南，筑石为壁，断枝为椽，垣堵不齐，户牖不全。而院落整洁，编篱成锦，蔓植杞藤，□□□□，有陋巷箪瓢之乐，得醉月迷花之趣。

这一日，黄叶村的布衣曹雪芹提笔写下：竟如乱麻一般，并无个头绪可作纲领。正寻思从那一件事自那一个人写起方妙，恰好忽从千里之外，芥豆之微，小小一个人家，因与荣府略有些瓜葛，这日正往荣府中来……

千里之外，芥豆之微——看客每每读到这里，何尝不鼻酸？

皇城之外，乡野村户里的一个老妪领着小孙儿，天刚亮便徒步摸索着往皇城根来，来到与皇帝有姻亲关系的官宦豪门前，可不是千里之外？即使只是自北京西面的香山脚下而来。

北京曹雪芹学会成员樊志斌说过，香山正白旗村有一个传说，是一位九旬老人曾经讲过的。他称自己家里三代都是给关帝庙看门的。当年他想把庙门口铲平，种点东西。结果他姥爷说了句：你知道吗，你铲的就是当年曹雪芹住过的房子？

敦敏《赠芹圃》：寻诗人去留僧舍，卖画钱来付酒家。燕市哭歌悲遇合，秦淮风月忆繁华……

僧舍，可能就是指这个关帝庙。

在刘姥姥“略有些瓜葛”处，脂批：是数十回后之正脉也。真千里伏线。

正脉——最终的去向。

曹雪芹十九岁时，家族没落。跌宕飘零十六年后，入香山，毗居关帝庙旁，写作《红楼梦》。

先写的第一个人物甄士隐。他家的隔壁是葫芦庙——贾雨村求功名之前贫穷凄凉淹蹇时寄居之地。

贾雨村的人生有过两次淹蹇。第二次是被弹劾后担着两袖清风明月往扬州去了，寄居林如海家，给黛玉做老师。

关帝庙正是曹雪芹在家族败落后，淹蹇寄居之地。

淹蹇人以淹蹇事，开《红楼梦》诸幻境。

三十五岁的曹雪芹，所经历，所目睹，所回溯追思，所叹悟，终于把一段巫山浓云拨开，将世道的种种机关暗线梳理成一个有序有律的宏大八音盒。

真事？假事？

在第六回“刘姥姥一进荣国府”里见脂批：口声如闻……如何想来，合眼如见……赧颜如见。

若非刘姥姥原有真身，就不会有“口声如闻”“合眼如见”的说法。

此回还有一条脂批：老妪有忍耻之心，故后有招大姐之事。

何为耻？

巧姐儿被爱银钱的狠舅奸兄（王仁和贾蓉）卖入烟花柳巷，抑或是卖于富豪人家为妾。刘姥姥和板儿出手相救，并令板儿娶巧姐儿为妻。

五十七回，薛姨妈在潇湘馆对宝钗和黛玉说：自古道，千里姻缘一线牵。管姻缘的有一位月下老人，预先注定，暗里只用一根红线把这两个人的脚绊住，凭你两家隔着海，隔着国，有世仇的，也终究有机会做了夫妇。这一件事出人意料之外，凭父母本人都同意了，或是年年在一处的，以为是定了的亲事，若月下老人不用红线拴的，再不能到一处。比如你姐妹两个的婚姻，此刻也不知在眼前，也不知在山南海北呢。

《红楼梦》里最大的姻缘奇传，偏偏落在了芥豆之微人家的板儿身上了。想当年，刘姥姥一进荣国府时，那板儿还是个小孩，吵着要肉吃，见人就躲在刘姥姥背后，百般地哄也不出来；二次来的时候进的是大观园，在这里终于逢着了他未来的妻——巧姐儿。

“那大姐儿因抱着一个大柚子玩的，忽见板儿抱着一个佛手，便也要佛手。丫鬟哄他取去，大姐儿等不得，便哭了。众人忙把柚子与了板儿，将板儿的佛手哄过来与他才罢。那板儿因顽了半日佛手，此刻又两手抓着些果子吃，又忽见这个柚子又香又圆，更觉好顽，且当球踢着玩去，也就不要佛手了。”

柚子和佛手。板儿和巧姐儿。脂砚斋曰：柚子即今香团之属也，应与缘通。佛手者，正指迷津者也。

巧姐儿的名字是凤姐从刘姥姥这里求得的。刘姥姥如此解释：“这个正好，就叫他是巧哥儿。这叫作‘以毒攻毒、以火攻火’的法子。姑奶奶定要依我这名字，他必长命百岁。日后大了，各人成家立业，或一时有不遂心的事，必然是遇难成祥，逢凶化吉，却从这‘巧’字上来。”

凤姐说，贫苦人起的名字方能压得住。

凤姐和“贫苦”二字不期然地在这里摆置在了一起。板儿和巧姐儿的姻缘不期然地被月老就此牵了线。贫苦的刘姥姥不期然地成为整个曹氏家族没落之后胸中尚且能够怀着的那点子温暖烛照。

“字字看来皆是血，十年辛苦不寻常”，曹雪芹在黄叶村那人生的最后十年，完成奇书《红楼梦》，后在贫病交加中死去。

板儿和巧姐儿未尝不是守在他身边、最后的不多的亲人。刘姥姥二进大观园行的酒令——花儿落了结个大倭瓜，预示着板儿和巧姐儿会有后代，正是赫赫扬扬百年、一朝树倒猢狲散的贾家之后。

此传奇比《白蛇记》《满床笏》《南柯梦》，如何？

十五泣春风

《红楼梦》如果叫作向青春致敬的小说，也恰如其分。十一二岁，长到十七八岁，一班少男少女的故事。不到二十岁，就全散了。像现在的少年，高中毕业去外地读大学，等中年时候一回首，与故土家园亲友割裂开的时间点就是少年的结束、青年的开始——最最芳菲的年龄段。

再也回不去了。回不去了。义山有诗云：十五泣春风，背面秋千下。

这也是宝玉最担心的事。他总担心，这个出园子了，那个嫁人了，这个死了，那一个病了……麦田的守望者。

花无百日红，人无百日好——黛玉总担心，他年葬侬知是谁——十四藏六亲，悬知犹未嫁（义山诗）。

化成灰化成烟，要死也死在一块儿。少年宝玉的毒誓。

未知生之艰辛委屈沉郁顿挫，怎懂姹紫嫣红岁月的暴烈芳香。千红一窟，万艳同杯。警幻仙子的入梦荒诞不经，来无影去无踪，不必较真地在《群芳谱》中找出来每个人命运的暗示和明示。非要站在警幻仙子的立场看《红楼梦》，则是因果报应小说、穿越小说、香艳小说。

偏偏世人更喜欢站在国祚家运的角度，切开这块厚沉沉的大璞玉。荣华啊富贵啊，烈火烹油的盛世，亏空和连带之罪惹来圣上不满，没收家财，衰败，流离，贫穷至死。

所以说那《好了歌》你仔细听，一切都会“了”，仿佛才是这部小说要告诉世人的道理。那么它是一部情爱小说？警示小说？官场小说？家族兴衰史？

我非要说，若只盯着兴衰看，盯住是非看，盯住虚无看，便陷入了刚愎自用妄自褒贬假道学的看客窠臼。

唯有立意为向青春向美德致敬的小说，你方能超脱地看见全景里每一个细细线条的好处来——

自夏商周以来，华夏人向来以玉比德。《红楼梦》原名《石头记》，宝玉落草时候含着的一颗美玉——宝玉的前身，那补天所剩的大石。所以《红楼梦》是在写德——石耶？玉耶？玉石有辨。

谁是红楼中最有玉德之人？——十二花容色最新，不知谁是惜花人。

半部《红楼梦》

张爱玲形容到了第八十一回，突然人物个个粗糙难耐起来。我也去探头看一眼。宝玉正在他祖母那里缠腻，说迎春所嫁孙绍祖既然如此不好，不如接回家来住，不要再去了。他祖母说，你这傻孩子，嫁出去的女儿哪里就能接回来不再去了呢。

高鹗心中的宝玉就是个呆子傻子、不着调不通人情世故的贵胄公子哥。

宝玉向来呆傻不着调吗？才不。

所以《红楼梦》这奇书就在于，它是一面湖水，你怎么看它，映照出来的就是你的心。必得清芳雅正之人才能懂得它全部的用意和好处。

曹雪芹的心，去写它们的时候，持着的也是清芳雅正。不懂的人，其实是他们自己的心早已被世俗弄糊涂了，便用世俗的道理指指点点。这一个是好的，那一个是坏的；终究是要散的，没有什么是舍不下的。正如曹先生在开篇里就说，通俗小说常这样，再弄个小人在中间挑拨。这样的坏读物最坏人性情，人更世故，只懂利益争斗和狡诈，不懂人间的好处，虚度了年华。

读到第八十回，戛然而止，是最好的游园状态。

宝玉正在那里问老王道士求一个治妒妇的方子。道士说梨子炖了加蜂蜜来吃，吃到一百岁，人也该死了。说得众人哈哈大笑。这宝玉不入世才怪。哪里就是高鹗笔下那个弱智加痴呆呢。

八十回里写夏金桂正热闹着，每天杀鸡宰鹅，要炸焦骨头，撕啃着下酒。看客蓦然来到了《西游记》里的妖精洞。西游记里的妖精倒挺斯文，个个盛装端坐，偶尔离席妖娆几个来回，间或飞出山洞显示自家本事。这薛蟠出门周游贩货，隆重地一眼看中的人物，却是这般妖怪下世。带来的丫鬟宝蟾也妖妖怪怪，上桌上炕快要掀瓦了。香菱移出来住，身体突然不好，血脉渐干……

脂砚斋和畸笏叟都说：《红楼梦》原本从这里往后还有二三十回，借出后失去下落。

那会是怎样的好看。就像宝玉的莹润小玉失而复得，捧在手心里。

《红楼梦》这本书的命运——在的部分和不在的部分，竟巧合地对应了它自身的文法——有隐有现，有正有闰，以至草蛇灰线，空谷传声，一击两鸣。

所以世间有文运、书运之说。不以人的意志为左右。人只是人，完成了就撂开了手。它们自有造化。

偏偏就读不着。曹雪芹1763年去世，至今259年，多少为半部《红楼梦》出神的人。

出神——有心事、想美事的意思。殊不知，《红楼梦》要说的正是万境皆空。

《红楼梦》里爱出神的人有几个：王熙凤、史湘云、林黛玉、宝玉、袭人、小红。

离人妆镜台

世人总说胸中有丘壑方做得好文章。

到了曹公这里，你便可知道，胸中如《春江花月夜》的“春江潮水连海平”，而下笔有丘壑，方成蓬莱仙山高人的好文章。蓬莱仙人无缘一见，或者即使有，他们也断断不会去写什么劳什子的文章。超脱者有别的正经事要做，我们这一班陷入尘泥中的人，只配觅得好书超度自己。

快意《红楼梦》的洁净之美，胸平气阔，你沉吟数次，便想到了一个和它一样气质的诗文。

那是孤篇盖全唐、初唐张若虚的《春江花月夜》。

春江花月夜

春江潮水连海平，海上明月共潮生。
滟滟随波千万里，何处春江无月明。
江流宛转绕芳甸，月照花林皆似霰。
空里流霜不觉飞，汀上白沙看不见。
江天一色无纤尘，皎皎空中孤月轮。
江畔何人初见月，江月何年初照人？
人生代代无穷已，江月年年只相似。
不知江月待何人，但见长江送流水。
白云一片去悠悠，青枫浦上不胜愁。
谁家今夜扁舟子，何处相思明月楼？
可怜楼上月徘徊，应照离人妆镜台。
玉户帘中卷不去，捣衣砧上拂还来。
此时相望不相闻，愿逐月华流照君。
鸿雁长飞光不度，鱼龙潜跃水成文。
昨夜闲潭梦落花，可怜春半不还家。
江水流春去欲尽，江潭落月复西斜。
斜月沉沉藏海雾，碣石潇湘无限路。
不知乘月几人归，落月摇情满江树。

美学家李泽厚说这首诗是有憧憬和悲伤的，但它是一种少年时代的憧憬和悲伤……所以，尽管悲伤，仍然轻快，虽然叹息，总是轻盈……永恒的江山，无限的风月给这些诗人们的，是一种少年式的人生哲理和夹着悲伤、怅惘的激励与欢愉。

我并不想生拉硬扯，自己举盾自己射箭，非要把它们俩摆在一块儿。但是天下万物，哪怕千万上亿浩如渺渺星河，也依然是各归其主，各居其宜。一千三百多年来，这首如北极星一般艳压全唐的诗，不会不为曹雪芹反复诵读。可以说，这首诗歌为曹雪芹文学美学起到了基石和砥柱的作用。

永恒的江山，无限的风月。

此江山乃——山川日月树木芳花，非彼江山也。

此风月乃纯真的儿女情长，非彼风月也。

《红楼梦》中有两首长诗是拟《春江花月夜》格律而作的，也是整部书里最好的两首。一首是《秋窗风雨夕》，一首是《桃花行》，都是公认的大观园才女林黛玉所作。

由此可见，曹公果然爱《春江花月夜》的清奇境界。

凤姐大觉

《红楼梦》里的人和事都是无法褒贬的，是一个穿山甲，它把自己长长的身子抱成盔甲的圆球。一干人马到他们自己的命运里走一遭，每一个都有大梦突醒的那一刻，也就是他们各自心甘情愿领了自己的命牌去幻境归案的时候。

凤姐可有心甘情愿这一时。

人人都说凤姐狠毒，人命官司就几桩。很久以前的良儿。第十一回贾瑞好歹是一桩。第十五回的金哥和守备之子的双双殉情。第六十九回尤二姐腹中胎儿亡，她自个儿也吞金自尽。残害尤二姐的同时命旺儿去结果张华的性命，胸腔何其毒烈。

杀人不留余地不见血，然而她若不觉便无法归案。警幻仙子曾说：或冀将来一悟，未可知也。

贾瑞调戏凤姐，凤姐一面含笑奉承，一面心里说：那里有这样禽兽的人……几时叫他死在我的手里，他才知道我的手段。

另一面，看客又觉得凤姐也没有太错。生性刚强的女人，容不得人来冒犯，把她想成轻浮之人。

脂砚斋在此侧批：大英雄气概。

贾瑞的厚颜调戏，原是心里已端着认定凤姐就是一个轻薄的女人，由头起于秘传的“养小叔子的养小叔子”。

这就臊了凤姐的脸皮，触着了风月秘事，动了怒。因为自己被轻看，也更是因为自己被人看清，于是动了杀机。

她原是“女王范”。贾瑞乃犯上。君王因“清风不识字，何故乱翻书”的诗句便可杀人。凤姐因被人识破了真身，如何不杀人解恨。凤姐的两大特点：不仅贪婪，而且冷酷。同贾雨村。

无论是高鹗的续书里凤姐草草就死去，还是因果报应说的凤姐之死——被休后病死，贫病交加，只一个破席卷身埋了去，都并没有明确交代归案之前的了悟。

了悟是突然的，必然的，不是一笔带过地偶然一思忖——只因眼前无路可走，才顿生患得患失的悔意，便失了曹氏《红楼梦》的真意。

第二十三回，宝玉见过贾政，退出，过一道穿堂门，脂批：这便是凤姐扫雪拾玉之处。

“日后”——《红楼梦》旧时真本的后几十回，有旧人寥寥几笔说起过——《蒋瑞藻小说考证》卷七引纪昀《续阅微草堂笔记》：曾见一旧时真本，八十回之后，皆不与今同……荣宁籍没后，均极萧条……闻吴润生中丞家尚藏有其本。

纪昀乃《四库全书》总编。他对当时的名书真本有所巡检，则遇见《红楼梦》真本在合情合理中，相遇率极高。

真本后几十回杳无踪迹，世人只能够从脂砚斋和畸笏叟的批录里“草蛇灰线千里埋伏”，“望想”着人物的终极命运。

拾玉。与宝玉的玉无关。宝玉的玉，在或不在，都只在那里，完成着“到那昌明隆盛之邦，诗礼簪缨之族，花柳繁华地，温柔富贵乡去安身乐业”的自我选择的命运。

第五十二回里有：那一年有个良儿偷玉……

良儿的命运会如何？

书中有交代，当初随凤姐儿到贾府来的一共有四个丫头，其他三个死的死，走的走，只剩下平儿一人。

丫头的命运，非走则死，或者配混小厮。赶走后的亦只有死路一条。

良儿偷玉，死路一条。

良儿是凤姐的丫头吗？《红楼梦》无闲笔。

或者不是凤姐的丫头，既然总管事是凤姐，审理丫头窃玉的案子也归凤姐管。打一顿赶出去。重伤而死。或明志自尽。此乃凤姐平生所做第一件狠事。

也或许正是凤姐的杀伐果决，博得了王夫人的赏识，遂成为荣府的家务总管。

所以，后来无论是彩霞为赵姨娘和环儿窃了王夫人房里的东西，还是坠儿偷了平儿的虾须镯，平儿宝玉等人皆采取息事宁人的法子。是因良儿死得太惨的缘故吧。

玉没有找回来。良儿死去多年。这一日，荣宁二府已籍没、萧条。凤姐不知何事，走过那道穿堂门，风吹雪起，名曰：扫雪。赫然看见一块熟悉的玉。大约是某个佩玉的人把玉遗落在了这里。也或者良儿偷玉是果真的，她被搜查之前把玉扔在了这里？说不过去。

脂批里写过：又为“误窃”一回伏线。

即良儿并没有偷玉。

至于真相如何，已不得见其内容。但可见端倪的是贾琏勾引尤二姐时——《浪荡子情遗九龙佩》——滥情而四处风流的贾琏有赠送信物给外面女人的习惯。而这所谓良儿偷窃的玉，许是贾琏顺手带了出去给了别的女人。

我们能够感应到的是，凤姐走过穿堂门，今日的她已不复昨日的威风飒爽模样。当年她“把袖子挽了几挽，跐着那角门的门槛子，笑道：这里过门风倒凉快，吹一吹再走”。

此时多病潦倒的她已被休，于雪天雪地弯腰捡起那块遗失经年的玉，万事撞上心头，良心归来，就此大觉。遥向金陵哭诉悔恨之心，病死，归案。

秦氏之业

秦氏之死，地动山摇。忽喇喇大厦将倾未倾。

秦氏之死，虽地动山摇，却无哀者之悼。

看客每每读到六十六回尤三姐自刎，六十九回尤二姐吞金，七十七回晴雯死别，都不由自主与作者同哭，恨不能拍天问地，那般刚烈委屈。

偏偏十三回秦氏的死，即使有“哭声摇山振岳”的描述，“贾珍哭的泪人一般”的形容，观者只能默然远望，无法产生共情。

只宝玉在听说了死讯的那一瞬间“心中似戳了一刀……喷出一口血来”，颇为动情。他本是多情惜情的人。

其余皆泛泛，曹公这样形容：无不纳罕，都有些疑心。

画面是合族对一个外人的追思。

双刃的剑，秦可卿在贾府的存在。皇族中的格格是贾家的媳妇，这将何等显耀，但也只能秘而不宣。虚拟了一个来历，从养生堂抱来的孩子，一个叫秦业的人抚养长大，后嫁入贾家。业，业障之意。

来历其实是不明的。来历不明是可以告罪一个人的。第七回冷子兴被人状告来历不明要押解回乡。

秦氏的葬礼这一回，煊赫地列出贾家子弟的名字。《红楼梦》只此一次集体亮相。另外，东西南北的王子全部明晃晃地前来，在路边设祭。如此不合情理的隆重，《红楼梦》里这样解释："因想当日彼此祖父相与之情，同难同荣，未以异姓相视。"

然贾珍之父贾敬死时，天子下旨：贾敬虽白衣，无功于国，念彼祖父之功，追赐五品之职。令其子孙扶柩由北下之门进都，入彼私第殡殓。任子孙尽丧礼毕扶柩回籍外，着光禄寺按上例赐祭。朝中由王公以下准其祭吊。钦此。

王公以下，贾敬。东西南北王，秦氏。

秦氏的身份昭然若揭。

应该是九子夺嫡中，康熙某个犯了事的儿子的后裔，虽未因连带失去性命，也只能隐姓埋名苟保性命。

贾家不忍格格流落，况家族中有恩情的瓜葛在里面（彼此祖父相与之情），便用了嫁娶的法子接入贾府。

世上无秘密。康熙帝只当作不知道。换了下一个皇帝又会怎样处置？如果这两个皇子之间旧账难算，且此流落的格格在贾氏宁府中犯下私通不赦之罪……

毕竟是血脉亲情，东南西北王齐齐来祭奠，也是人间伦理佳话。薛蟠送来万年不坏的木头，有此乃“万岁家人”的信息。

是贾家头顶上悬垂的一块巨石。所以王熙凤那口看望重病的秦氏出来，看见黄花满地、白柳横坡，不禁步步行来不住赞赏。见其胸中块垒放下。也见出秦氏不得不死的收稍。

六十九回尤三姐入梦尤二姐言辞：“你我生前淫奔不才，使人家丧伦败行，故有此报……天怎容你安生。”——可佐证秦氏必死。

当风月秘事大白天下，秦氏的唯一出路：自尽。

家大业大入不敷出、秦氏的存在和淫罪、元妃省亲奢靡铺排浪费，“如今的这宁、荣两门，也都萧疏了”，“外面的架子虽未甚倒，内囊却也尽上来了……如今的儿孙，竟一代不如一代了！”

自色悟空

《红楼梦》中的男性情种人物有冯渊、贾雨村、守备之子、贾宝玉、北静王、贾芸、秦钟、蒋玉菡、柳湘莲、贾蔷。

这一干男子，冯渊第一个出场，抱憾惨死。逢缘、不得。同香菱——有命而无运。

警幻仙子有歌：痴迷的，枉送了性命。

她亦唱道：擅风情，秉月貌，便是败家的根本。

因香菱生得纤柔貌美，便造成薛蟠和冯渊之争；因秦氏风情万种，而隐下大淫之事。“家事消亡首罪宁”。

警幻仙子说：自古来多少轻薄浪子，皆以“好色不淫”为饰，又以“情而不淫”作案，此皆饰非掩丑之语也。好色即淫，知情更淫。是以巫山之会，云雨之欢，皆由既悦其色、复恋其情所致也。

因空见色，由色生情，传情入色，自色悟空。空空道人所悟，正是《红楼梦》想要表达的终极所悟——空才是大清洁，大清净。

甄士隐在炎夏里梦见的一僧一道对谈。其中有一句：待这一干风流孽鬼下世已完，你我再去。

一干风流孽鬼可以不单指香菱宝黛钗云一干青少年。梳理以下主干人物：

宁府：贾敬，好道，只爱烧丹炼汞，在城外和道士们混在一起，自认为早晚要升天。

其子贾珍，袭官。喜欢"高乐"，即荒淫奢靡。

贾珍的儿子贾蓉，娶秦氏。轻浮纨绔。

秦氏，与贾珍有染。如宁公的随从焦大所骂：哪里承望到如今生下这些畜生来……爬灰的爬灰……

贾珍的媳妇，尤氏。尤氏的继母尤老娘，带着两个女儿尤二姐、尤三姐寄居宁府。尤氏无作为。

尤二姐与贾珍有染。贾珍带着贾蓉常常来尤老娘处与二姐和三姐调笑。

荣府：贾赫，袭官，好色，贪婪。

其子贾琏，好风月。贾琏的媳妇王熙凤，如焦大所骂：养小叔子的养小叔子。与贾蓉有未可知的关系。

贾政，酷爱读书，为官，追求端方正直。

其子贾宝玉，爱脂粉环钗，多情。

其子贾环，自小奸邪。

其孙贾兰，自小喜文武。

警幻仙子受祖宗宁荣二公的嘱托对宝玉说：尘世中多少富贵之家，那些绿窗风月，绣阁烟霞，皆被淫污纨绔与那些流荡女子悉皆玷辱……

万恶淫为首——为官的家业凋零，富贵的金银散尽，无情的分明报应。

贾府亏空案被没收家产，这一结局所暗埋的缘由——宁府里藏的秦可卿，是皇族里的格格，隐姓埋名、虚拟身世，进入贾府，却因同贾珍的荒淫，陷入大逆不道，有辱皇族。即使她素日孝顺，和睦亲密，慈爱，怜贫惜贱。

如尤二姐追悔心酸自言：已经失了脚，有了一个“淫”字，凭他有什么好处也不算了。

秦氏得到的药方：人参白术云芩熟地归身（请就地自我了断吧）。

宫里来的暗命。

秦氏的存在是百年望族贾府忽喇喇一朝坍塌的引子。

警幻曰：世之好淫者，不过悦容貌，喜歌舞，调笑无厌，云雨无时，恨不能尽天下之美女供我片时之趣兴，此皆皮肤滥淫之蠢物耳……

良言。

二十年来辨是非。辨的不是宫廷内幕，不是家族纷争，辨的是情和淫，辨的是德和不德。

宝玉走孽海情天的太虚幻境一遭——唬的忙答道："仙姑差了。我因懒于读书，家父母尚每垂训饬，岂敢再冒'淫'字。况且年纪尚小，不知'淫'字为何物。"

尚德之人究竟是惧怕淫的，虽会偶有触犯，亦常觉醒。

情和淫，色与淫。以淫消淫，以毒攻毒，埋下宝玉最终能将痴迷勘破的伏笔。

甄士隐香菱总起

我们所能见到的曹雪芹《红楼梦》，到了第八十回，便如临深渊，看不见未来所发生的事情了，却又令人徘徊复徘徊，临渊而望，真如宝玉风月大梦中所遇见荆榛遍地的所在——警幻仙子道：此即迷津也，深有万丈，遥亘千里……

在这一回里说到香菱不堪金桂的折磨，跟随宝钗去了，“今复加以气怒伤感，内外折挫不堪，竟酿成干血之症，日渐羸瘦作烧”。

脂批曰：香菱口声……真是浑然天真之人，余为一哭。

为何一哭？盖因为此回之后不多日子，香菱病亡。

血脉日渐干枯，伏下的是贾府巨奢糜烂中迎来的亏空之爆发和触怒圣上，从而滑入渊底之前的最惊悸之时。

以香菱的日渐干枯对应贾府的日渐干枯，不是无意之笔。《红楼梦》最讲究“先动了消息”。

香菱的父亲甄士隐，是《红楼梦》出现的第一个凡人名，“真事隐”之意，定了读《红楼梦》的调子——有处是无，无处却有。

后文有，贾不假。甄宝玉。贾宝玉。刘姥姥讲古，里的“若玉”，十七岁一病死了——假作真时真亦假。

真真假假，假假真真。命运的虚虚实实，实实虚虚……

《红楼梦》是一本大命运的书，甄士隐的身世是一个小命运。然而小命运竟然概览了大命运，是提纲挈领用心——即使高洁的隐士，在人间这火宅里也是跌宕艰辛，万梦成空，更遑论他人，能有几人顺应平常，得到结果。

《法华经》云：“三界无安，犹如火宅。众苦充满，甚可怖畏。”

第一回里刚刚说了天倾西北之处一块未能补天的顽石下世出世奇旅，作者笔端便移步来到了地陷东南之地，吴地。

甄家虽不是皇亲贵胄，但也是“红尘中一二等富贵风流之地”安逸的诗书望族，淡泊名利，贤妻娇女，“神仙一流的人物”。

料想这样的人物修行积德，祸患见了也会避走。偏偏元宵节失女，两个月后大火烧去全部家当，投奔岳丈被嫌弃，一两年后便露出下世的光景，所谓悲秋暮年也——人生虽漫漫，却一滑，就由极盛至极衰了。好不萧瑟！

这一日，来了一个唱着《好了歌》的跛足道人，甄士隐略想了想，就跟了道人飘飘而去了。

《好了歌》一唱，甄士隐来解，《红楼梦》便全解——乱烘烘你方唱罢我登场，反认他乡是故乡；甚荒唐，到头来都是为他人作嫁衣裳。

香菱，开卷之第一个女子，则总起大观园全部女子的命运——恨命运无常，飘零一人。长至十三岁，偶遇情种冯渊。偏偏被薛蟠打死。进入贾府，成为呆霸王的侍妾。又过了几年，薛蟠娶妻夏金桂，香菱年纪轻轻便被折磨而死。

香菱初进园子，周瑞家的和金钏齐齐地夸香菱：好个模样儿，竟有些像咱们东府里蓉大奶奶的品格儿。

这句话来得蹊跷。一问身世三不知，拐子卖来的少女，与皇族血统的秦氏可比肩。

可比肩的大约是一种生来便有的勾魂摄魄之美，那山鬼朝云之神采。

香菱作诗：梦醒西楼人迹绝，余容犹可隔帘看；博得嫦娥应自问，缘何不使永团圆？

对照张若虚《春江花月夜》暗怀的情愫：可怜楼上月徘徊，应照离人妆镜台。

抒发的都是少年心事难圆。她所牵念的难道是冯渊？

《红楼梦》中最重要的女子，林黛玉，最为应和香菱的身世。

同样的末族之女。同样的有名无运。

英莲三岁时——那僧则癞头跣脚，那道跛足蓬头，疯疯癫癫，挥霍谈笑而至。及至到了他门前，看见士隐抱着英莲，那僧便大哭起来，又向士隐道："施主，你把这有命无运、累及爹娘之物，抱在怀内作甚？”士隐听了，知是疯话，也不去睬他。那僧还说：“舍我罢，舍我罢！”

黛玉自道：那一年我三岁时，听得说来了一个癞头和尚，说要化我去出家，我父母固是不从。

一个被拐卖，一个被收养。都寄人篱下，都与心爱的人不能相守。

四十八回香菱跟随薛宝钗进园住，黛玉欢喜，亲力教诗。听听黛玉对香菱说话的口声吧：你这个傻丫头！

两相怜惜。

娇杏难得糊涂

娇杏，《红楼梦》里不多的几个槛外人之一。

贾府石狮子守着的大门之外的人，刘姥姥和板儿是。蒋玉菡是。柳湘莲是。贾芸也算一个，脂批言他后面和小红、茜雪一起帮衬贫穷潦倒的宝玉的事。醉金刚倪二也算一个。甄士隐是槛外人也是槛内人，因他自身的命运总揽贾府的命运。贾雨村是槛内人，与贾府走动密切，人情练达，徇私枉法，终被革职。

秦钟呢？是槛内人。所以早夭。秦可卿死后，养父秦业因秦钟与小尼姑智能有染，气病而死，紧接着秦钟病死。秦家灭门，暗含着封口之意。第十六回，秦钟死的同时，元春成妃。而贾府一干人马，就会到来的劫难，以秦氏家族对照，也在必然之中。如可卿托梦凤姐里所说：烈火烹油、鲜花着锦之盛，要知道，也不过是瞬息的繁华、一时的欢乐。

造物弄人，重位者亦弄人。煊煊赫赫百年贾府，亦有树倒猢狲散的一天。即使家里出了个皇妃。

所有槛内人将裹挟在家族的大命运里——三春去后诸芳尽，各自须寻各自门。

焙茗的原型在八十岁的时候还向人涕泪说往昔和如今。这也是一个槛内人。即使他只是一个小厮。

娇杏，娇气的杏花。也有说是侥幸之谐音。她是甄士隐家中的一个丫鬟。对应大观园里众丫鬟的命运，她亦是最幸运的一个。只因一个猛抬头，再一个一发怔，一回头，被贾雨村认为此女了心中有意于他，是个巨眼英豪、风尘中之知己。雨村中举上任之后娶娇杏为二房，只一年生一子，又半年扶为正室夫人。虽奸雄贾雨村仕途飘摇，大喜大悲，但既然《红楼梦》开卷里，假以雨村之言说红楼事，定了这么个调子，那么贾雨村的最终命运定是尚且苟活，并承担了徐徐回望的使命。娇杏的一生是一个闺秀最愿意的坦途。

曹雪芹写史湘云——从未将儿女私情略萦心上。

对照娇杏，她们二人都是有结果的人。

娇杏纯良，虽甄士隐家劫难重重，终至贫苦，但娇杏跟随在夫人身边做活，忠心安宁，亦是“从未将儿女私情略萦心上”者。

宝黛之暗暗争锋。晴雯袭人暗暗争锋。凤姐之霸之毒之贪。尤二姐尤三姐所欲所求。元春之如坐针毡。平儿之委曲求全。妙玉之胸中孤傲。小红和柳五儿之奋力攀升。夏金桂之纵情……

独有娇杏的命运淡淡三两行字，便有了结果。曹雪芹想表达一个什么意思——不祷福之人却福深。脂批娇杏：是无儿女之情，故有夫人之分——难得糊涂？

《红楼梦》中几百人挣扎在“想要一个结果”里，却不如意人十之八九。虽然《好了歌》一唱，就可以把人生勘透。然而即使勘透了人世的“甚荒唐”，其实也逃脱不出命运的大手掌。

好女子

袭人之丑——六回：……掩面伏身而笑……“袭人素知贾母已将自己与了宝玉的，今便如此，亦不为越礼，遂和宝玉偷试一番，幸得无人撞见。自此宝玉视袭人更比别个不同，袭人待宝玉更为尽心。”

脂批：伏下晴雯。

别个，是指晴雯。

“偷试”二字，见袭人粗野、胆大，主动引之，并怀有计谋——她同晴雯都曾是侍奉贾母的丫鬟，因稳妥而被贾母送到宝玉这里来。本来是同等地位，袭人因与宝玉偷试云雨，自此得以上位。

晴雯虽亦是贾母安置在宝玉这里的丫鬟，却不自视乃贾母与了宝玉的人，至死未有过逾矩之事。晴雯临死言：“横竖不过三五日的光景……只是一件，我死也不甘心的……如何一口死咬定了我是个狐狸精！我太不服。今日既已担了虚名，而且临死，不是我说一句后悔的话，早知如此，我当日也另有个道理。不料痴心傻意，只说大家横竖是在一处。不想平空里生出这一节话来，有冤无处诉。”

万恶淫为首。袭人所行的事究竟是淫欲之事。观察袭人，可见晴雯的心地纯良，真真一个纯情懂情的女子。

三回里作者写道：贾母因溺爱宝玉，生恐宝玉之婢无竭力尽忠之人，素喜袭人心地纯良，克尽职任，遂与了宝玉。

贾母对袭人的判断是：心地纯良。

纯良，乃古时的淳风。《诗经》主导的便是要做“温柔敦厚而不愚”“一言以蔽之思无邪”的人，方为高尚。

再观袭人跟了宝玉之后的为人，可见此为误判。画虎画皮难画骨。真亦假，假亦真。《红楼梦》乃判断之书。明修栈道暗度陈仓——红楼笔法。读者的判断不可被作者的障眼法“骗了去”。

袭人是什么样子？见六回，宝玉眼中：柔媚娇俏。

宝钗是什么样子？见五回，众人眼中：丰美。

黛玉什么样子？见二回，贾雨村眼中：聪明清秀。

形容一位女子用“清”字的，还有一人，娇杏，见第一回，贾雨村眼中：眉目清明。

秦氏什么样子？见五回，贾母眼中：生得袅娜纤巧。

凤姐什么样子？见三回，黛玉眼中：体格风骚。

《诗经》中形容女子极致的美，《野有蔓草》篇：有美一人，婉如清扬。邂逅相遇，与子偕臧。

可以比肩偕老的美好女子，如娇杏，如黛玉。娇杏是《红楼梦》里不多的得了结果的女子，真乃心地纯良。作者的心思：愿黛玉这样的好女子亦有想要的结果。

宝玉曾对刘姥姥说过：这样人（若玉）是虽死不死的。

若玉暗喻黛玉，是宝玉心心念念的神仙样洁净美好的女子。虽死不死，即林黛玉精神的永长。

第二回里作者认为：清明灵秀，天地之正气，仁者之所秉也。

可见“清”字之重，直抵“正”和“仁”。

脂批说贾琏是玉和石不分之人。

玉，乃好女子。石，乃不好的女人。

不好的女人，凤姐可在第一排着。三回黛玉进府，凤姐登场，言语放诞，机巧异常，善用伪术，颇有心机。

十六回拆散守备之子和金哥，见凤姐贪婪残酷。同贾雨村行事风格。

二十一回贾琏回家，同凤姐家常对话，脂批：一片俗气。世俗之态熏人。

二十八回这样写道：（宝玉）可巧走到凤姐院门前，凤姐蹬着门槛子拿耳挖子剔牙，看着十来个小厮们挪花盆呢。见其跋扈和粗俗。

贾琏的好色风流是《红楼梦》中唯一用力书写的。其他如贾珍和秦氏、贾珍贾蓉和尤二姐尤三姐、薛蟠之奸淫、贾赦之好色、孙绍祖之淫乱，都是略略一表。

二十一回巧姐儿出痘，贾琏搬出去住，和多姑娘有事。此处眉批：一部书中，只有此一段丑极太露之文，写于贾琏身上，恰极当极！

多姑娘（晴雯之嫂）、鲍二家的，都是不好的女子。尤二姐尤三姐因为死前有悟，大觉，可以称为好女子。

戚蓼生所言极是：而欲求其一字一句之粗鄙猥亵，不可得也。

贾琏和凤姐的世界，对照黛玉的世界，一个是魔窟，一个是飞尘不到之处。黛玉的洁，即曹雪芹的洁。

完美北静王

曹氏《红楼梦》中唯一一个如北极星明灿的人物，是北静王。是怀着欣赏和恩情来写的。

“贤德，才貌俱全，风流跌宕，不为官俗国体所缚……面如美玉，目似明星。”

且北静王的言谈虚怀若谷：吾辈后生，甚不宜溺爱……昔小王曾蹈此辙……

北静王的身份是皇子。和贾宝玉惺惺相惜，一见如故，默契金兰。

贾宝玉向来认为女儿是水做的，男儿是泥做的，男儿是浊臭的。唯独在北静王这里，满心的赞叹和心悦诚服。（赞叹，是因为有义。）宝玉的另一个朋友柳湘莲，亦是一位有义之人。

这段文字后有三字脂评：伤心笔。

是伏下将来贾府衰败，宝玉沦为贫民，受北静王援助的情节。

北静王明的出场只在第十四、十五回。暗的出场有三次，一次是二十四回这日晚上宝玉从北静王府回来。一次是四十五回宝玉的雪斗篷和斗笠是北静王所赐。还有一次是宝玉借口北静王的爱妾去世出城。

可见他们早已是忘年之交，宛若兄弟手足。

即使这样的人物，到了黛玉这里，也是不屑于被面对的，甚至是嫌弃的。北静王的高蹈出现，真实寓意在写林黛玉的清高端正。

圣上赠送爱子的鹡鸰香串，北静王赠了宝玉。宝玉兴冲冲并珍重取出，赠送给刚从扬州葬父回京都的黛玉。黛玉的态度：掷还不取。

翻书至二十八回，端午节前，元妃从宫中赐物给大观园众儿女。独宝钗和宝玉的礼物是一样的。一对红麝香珠。向来素净打扮的宝钗当日便笼了一串在左腕上。这个画面对照了黛玉将北静王的手串掷还不取的画面。

宝钗早已怀有嫁给宝玉的心，在元妃遥遥的主张下，彰显无遗。

宝钗之丑，“罕言寡语，人谓藏愚，安分随时，自云守拙。”却是伪。

黛玉心里眼里只宝玉一个人，她的旁若无人，心质坦荡和高洁，亦彰显无遗。

所以北静王的宏大出场，可谓整个《红楼梦》完美人物只此一人，然而也不过是他山之石，用以攻玉。然此玉坚贞，无法攻破。

也对照袭人委委屈屈地系了蒋玉菡赠送给宝玉的大红点子汗巾这一情节。虽袭人后来将汗巾扔进了箱子，伏下的笔锋是将来袭人到底委委屈屈地嫁给了蒋玉菡。

贾母积善

终久是云散高唐，水涸湘江。这是尘寰中消长数应当。何必枉悲伤?

这是宝玉在太虚梦境中读到的一段警言。曲名《乐中悲》。

此曲应指向贾母。警幻仙姑也曾云：存的是普天下所有的女子过去未来的簿册。

所以我们看待《红楼梦》十二支曲不应局限于一人一事上。

三十八回，诗社赏桂花吃螃蟹，贾母来到藕香榭，这里四面环水，亭榭连着回廊和曲桥，触动了贾母对很久远的往昔的记忆。她说："我先小时，家里也有这么一个亭子，叫做什么枕霞阁。我那时也只像他们这么大年纪，同姊妹们天天顽去。那日谁知我失了脚掉下去，几乎没淹死，好容易救了上来，到底被那木钉把头碰破了。如今这鬓角上那指头顶大一块窝儿就是那残破了。众人都怕经了水，又怕冒了风，都说活不得了，谁知竟好了。”

“同姊妹们”——贾母的少女时代定如大观园里的众儿女，如此胶着，有意趣，天天在一起玩。

枕霞。悠然南山趣。

南柯。总是悲伤。

终有一别，耄耋之年的她，其实是孑然一身的。所以会在某日对邢夫人王夫人怒言：我通共剩了鸳鸯这么一个可靠的人！

虽贾府的女眷们花团锦簇地成日围拢着她，她心底里何尝不会有某种不为旁人所知的惦念？史家的园子。通向那里的道路和花径，已无回头路。史湘云不时地到访，为贾母的生命根底增添些许的温度。

如后来嫁给中山狼孙绍祖的迎春，回大观园哽咽说：乍乍的离了姊妹们，只是眠思梦想；二则还记挂着我的屋子，还得在园里旧房子里住得三五天，死也甘心了。不知下次来还得住不得住呢。

宝钗是第一个搬出园子的人。迎春是第一个外嫁的女子。黛玉死在园子里。探春远嫁三千里海疆。惜春青灯古佛，似在涤净宁府的腌臜事。

宁府的恣肆放纵，荣府的机关处处。纵使身在宫中的元妃，省亲来也是强压着悲伤落泪。君王之手，翻云覆雨。贾母的心：意悬悬，荡悠悠。

第四十回贾母说到叫作软烟罗的纱：比王夫人和薛姨妈的年纪还大呢。

贾母是整个家族中唯一目睹了由发迹到鼎盛到忽喇喇大厦将倾并最终坍塌的见证者。如她所言："我进了这门子作重孙子媳妇起，到如今我也有了重孙了媳妇了，连头带尾五十四年，凭着大惊大险千奇百怪的事，也经了些……"

这段话倒对应着了刘姥姥二进荣国府说过的一句话：天天都是在那地头子上作歇马凉亭，什么奇奇怪怪的事不见呢。

奇奇怪怪的事，伏藏的是清入关百年帝王将相事。

见秦氏托梦凤姐说的话：如今我们家赫赫扬扬，已将百载，一日倘或乐极悲生，若应了那句“树倒猢狲散”的俗语，岂不虚称了一世的诗书旧族了！

定有前车之鉴！

旁注：“树倒猢狲散”之语，今犹在耳，屈指三十五年矣。伤哉，宁不恸杀！

焦大跟张道士和贾母是同龄人，亦是目睹者。

第七十五回，江南甄家获罪，贾母听了，心中甚不自在，是夜乃中秋，宁府里聚赌的贾珍一干人马饮酒作乐，忽听祠堂的墙边有人长叹一声。众人毛发倒竖。这边的荣府里，贾母和两个儿子及众人也在赏月饮酒，然贾母突显疲惫和老态。花荫下传来的笛声竟然令众人觉得悲戚。伏贾母的一生、红楼一梦即将完结。

贾母四件事，体现出她的仁义之心。一是被金荣的母亲胡氏称呼为小杂种的秦钟，在贾母这里，却备受疼爱，夭逝后是贾母一人给了几十两银子完成后事。二是被凤姐掴了一掌的小道士，得到贾母的呵护。三是刘姥姥二进大观园，和贾母一起游宴，贾母一见她就自然而然地称呼她为老亲家，说正想个积古的老人家说话。贾母平和，怀仁，并不是势利者。四是宝玉黛玉的爱恋，贾母是完全支持的。可从熙凤的口风里见出。

积善之家必有余庆，然荣宁二府忽喇喇一日坍塌。

曹雪芹如此彰显贾母的美德和情怀，是想说出这样一个道理：自古穷通皆有定，离合岂无缘?

《红楼梦》是宿命论的。

俗人之丑

史湘云就是脂砚斋？贾宝玉就是曹雪芹？

半生筋斗的贾宝玉和史湘云——这一芹一脂是如何“定语”世俗人丑相的？

先说那石头，因众石俱去补天，独自己“不堪入选”——注意这四字。万世万劫俗人的不二不堪——自怨自叹，日夜悲号惭愧。一僧一道劝他不去凡间也罢。然他的欲望心已动，便不可更改，反复“哀求再四”——注意这四个字。活活丑态。

若说是这石头总领了《红楼梦》众多不堪人物的不堪“炽心”，倒也恰切。

第二个活活丑态的人物便是早早亮相的贾雨村。得了甄士隐赠送的冬衣和银两便赶往京都，大比之期中了进士，这之后他的为人和运势如何——未免有些“贪酷之弊”……被人参为“暗结虎狼……民命不堪”。

这十二字是贾雨村一生的写照。再四允诺甄家娘子“待寻访女儿下落”，等到面对英莲的蓦然出现，却直截了当选择了“背信弃义”。此乃贾雨村的本相，从无悔悟。

娇杏，侥幸。侥幸得了个俗人眼里的英雄人物。其实只是末流。

第三个丑态的人物，甄士隐的老丈人封肃，谐音“风俗”，人间情理总是如此？那投奔的总是悲伤，那被投奔的总是冷血。也见贾芸求助舅舅，未果。

第四个活活丑态的人物，是那个凑上前来的门子。卖弄、大言、献计、奸险。落得的结果是被非英雄的贾雨村远远地充发了。

第五个丑态的人物，是那狗儿。因贫穷而气恼，喝酒寻闲气。因刘姥姥说了当年结的同宗王家，便转脸堆笑撺掇刘姥姥走一趟。

第六个丑态的人物，是贾瑞——犹不时拿眼觑着凤姐，亦发酥倒，喜得抓耳挠腮，荡悠悠的觉得进了镜子。贾瑞的命是被王熙凤追索灭杀的。

王熙凤的丑态——金哥自缢，守备之子投河而死，凤姐坐享三千两，“自此凤姐胆识愈壮，以后有了这样的事便恣意的作为起来”。追命这样的事，在凤姐这里愈发顺手起来，后尤二姐怀着的侥幸之心，是因不善于识别恶人之心。

铁槛寺老尼、马道婆、赵姨娘当然极其丑！

至于薛姨妈王夫人薛宝钗的伪善之丑，袭人的蹿上蹿下、嘴巴不好之丑，早已昭昭然于天下观《红楼梦》者。

《红楼梦》里丑人多，原是用来参悟何为君子的。

钟鼎书香

贾政，字存周。见其“从周”的志气。

黛玉初进荣府的正室“荣禧堂”，见到“大紫檀雕螭案上，设着三尺来高青绿古铜鼎，悬着待漏随朝墨龙大画，一边是金蜼彝……”

蜼，周器也。为贾政钟爱。

孔子曾说，周监于二代，郁郁乎文哉，吾从周。

周代的礼制是最完备的。儒家思想的真正缔造者，乃西周礼乐文化。西周最尚“德”。

《红楼梦》全篇的核心正是：德与不德。所以是高尚之书。《金瓶梅》是利来利往，淫色遍布，是市侩之书。

贾政是荣府第二子。用冷子兴语：“现任工部员外郎，其为人谦恭厚道，大有祖父遗风，非膏粱轻薄仕宦之流。”

贾赦是荣府长子，世袭了一等将军的官职，却贪淫昏暴。三件罪恶事，一为了霸占古扇逼死石呆子，二妄图霸占鸳鸯，三贪图钱财送女儿迎春入孙绍祖虎口。

贾赦虽为长子，却不被贾母喜欢。因贾母亦是从周者。贾母是荣国公贾代善之妻，来历为金陵世勋史侯家的小姐。

贾母唯一的女儿贾敏嫁于何人？见出贾母心性和德行。“原来这林如海之祖，曾袭过列侯，今到如海，业经五世。起初时，只封袭三世，因当今隆恩盛德，远迈前代，额外加恩，至如海之父，又袭了一代；至如海，便从科第出身。虽系钟鼎之家，却亦是书香之族。”

脂砚斋在此特批：要紧二字，盖钟鼎亦必有书香方至美。

贾母长孙——贾政长子贾珠，娶的是何人？亦见出贾母心性和德行。“这李氏亦系金陵名宦之女，父名李守中，曾为国子监祭酒，族中男女无有不诵诗读书者。”

亦如脂砚斋说，钟鼎，亦得有书香。若只有钟鼎，而无书香，则为不美。

读书人贾政为贾母最倚重，是荣府的顶梁支柱。

宝玉，有贾代善的影子，二十九回，张道士言：“我看见哥儿的这个形容身段，言谈举动，怎么就同当日国公爷一个稿子！”说着两眼流下泪来。贾母听说，也由不得满脸泪痕，说道：“正是呢，我养这些儿子孙子，也没一个像他爷爷的，就只这玉儿像他爷爷。”

所以宝玉的婚事最最紧要。

贾母会认为宝钗是最合心意的孙媳妇吗？且看宝钗出身——“亦系金陵人氏，本是书香继世之家。只是如今这薛公子幼年丧父，寡母又怜他是个独根孤种，未免溺爱纵容，遂至老大无成，且家中有百万之富，现领着内帑钱粮，采办杂料。这薛公子学名薛蟠，字表文起，今年方十有五岁，性情奢侈，言语傲慢。虽也上过学，不过略识几字，终日惟有斗鸡走马，游山玩水而已。虽是皇商，一应经济世事，全然不知……”

虽宝钗“……读书识字，较之乃兄竟高过十倍。自父亲死后，见哥哥不能依贴母怀，他便不以书字为事，只留心针黹家计等事，好为母亲分忧解劳”。

但一门家风的正邪在薛蟠这里可见全豹，“将冯公子打了个稀烂”（想起贾环的恶念，用热油烫瞎宝玉的眼睛。贾环的母亲赵姨娘请马道婆作法欲制死贾宝玉和王熙凤）。

宝钗亮相，是以薛蟠打死冯渊强占英莲这一闹得沸沸扬扬的事件为开端。

命案后，薛姨妈一家人“竟自起身长行”进京，至贾府与王夫人团聚。

贾母心中自有定论。那就是，宝玉的媳妇，终应该如贾珠之妻李纨的来历，系钟鼎书香之族，而非仅百万富族。李纨的儿子贾兰，教养得好，七十八回，贾兰作诗得到了贾政众门客一致赞赏：“小哥儿十三岁的人就如此，可知家学渊源，真不诬矣。”所以家学渊源何其重要。

宝黛青梅竹马两小无猜情深意笃，贾母在他们俩身上看见了自己和丈夫曾经的情投意合与恩爱。于理于情，贾母心中最满意的孙媳妇应该是黛玉。

二十五回，凤姐笑道：“倒求你，你倒说这些闲话，吃茶吃水的。你既吃了我们家的茶，怎么还不给我们家作媳妇儿？”众人听了一齐都笑起来。

凤姐真真是贾母的人。虽是王夫人的亲侄女，却因宝钗的到来，渐渐有了隔层。

脂批：二玉事在贾府上下诸人即看书人批书人皆信定一段好夫妻，书中常常每每道及，岂其不然，叹叹……我也要笑。

我们也要笑。

且看黛玉房间陈设，四十回借刘姥姥眼中看见：窗下案上设着笔砚，又见书架上磊着满满的书……竟比那上等的书房还好。贾母为傲。

宝钗的房间：雪洞一般……并两部书、茶奁茶杯而已。贾母摇头不满。

人无癖好则无深情也。贾母断定宝钗是真冷面冷心者。

二十二回，贾母上房排了几席家宴酒席，如此描述：并无一个外客，只有薛姨妈、史湘云、宝钗是客，余者皆是自己人。

即林黛玉是自己人。

六十二回，张罗宝玉的生日，袭人言：林姑娘不是自己家的人。袭人的明目张胆排挤，是林黛玉感受到的“风刀霜剑严相逼”里的之一。

富商之家

贾政如何看待薛蟠？

四回，贾政便使人上来对王夫人说：“姨太太已有了春秋，外甥年轻不知世路，在外住着恐有人生事……”

盖反说正话也。明是怕薛蟠再生事，却只说担心薛蟠被外面的坏人惹着。

薛姨妈一家子在贾母心中何等位置？

五回，薛姨妈一家刚刚搬进贾府的梨香院，作者的笔端转而就这样说：如今且说林黛玉，自在荣府以来，贾母万般怜爱，寝室起居，一如宝玉……

脂批说，这因写黛玉，实是写宝钗。

实写的是什么——贾家待薛家不过是因为亲戚关系，客气对待罢了，并无欣赏之意。贾母的心思只在宝黛身上。

从迎春的婚事，更可以见出贾母对择婿择媳的态度。

七十九回——贾赦已将迎春许与孙家了。这孙家乃是大同府人氏，祖上系军官出身，乃当日宁荣府中之门生，算来亦系世交。如今孙家只有一人在京，现袭指挥之职，此人名唤孙绍祖，生得相貌魁梧，体格健壮，弓马娴熟，应酬权变，年纪未满三十，且又家资饶富，现在兵部候缺题升。因未有室，贾赦见是世交之孙，且人品家当都相称合，遂青目择为东床娇婿。亦曾回明贾母。贾母心中却不十分称意，想来拦阻亦恐不听，儿女之事自有天意前因，况且他是亲父主张，何必出头多事，为此只说“知道了”三字，余不多及。贾政又深恶孙家，虽是世交，当年不过是彼祖希慕荣宁之势，有不能了结之事才拜在门下的，并非诗礼名族之裔，因此倒劝谏过两次，无奈贾赦不听，也只得罢了。

再看薛姨妈是如何择媳的，同在七十九回——香菱道："因你哥哥上次出门贸易时，在顺路到了个亲戚家去。这门亲原是老亲，且又和我们是同在户部挂名行商，也是数一数二的大门户。前日说起来，你们两府都也知道的。合长安城中，上至王侯，下至买卖人，都称他家是'桂花夏家'。"宝玉笑问道："如何又称为'桂花夏家'？"香菱道："他家本姓夏，非常的富贵。其余田地不用说，单有几十顷地独种桂花，凡这长安城里城外桂花局俱是他家的，连宫里一应陈设盆景亦是他家贡奉，因此才有这个浑号……"

注意贾政对孙绍祖家族的评判：并非诗礼名族。

夏家也是富商大户。则非诗礼名族。

薛家是皇商。

凤姐是王夫人和薛姨妈的亲侄女。王家是怎样的来历？十六回，凤姐说："那时我爷爷单管各国进贡朝贺的事，凡有的外国人来，都是我们家养活。粤、闽、滇、浙所有的洋船货物，都是我们家的。"

王家亦是皇商。

王家之女如何？贾政娶的是王夫人。王夫人为人面目模糊，看似扬善，却是冷心肠，金钏和晴雯死于其手，黛玉间接死于其手。贾赦的儿子贾琏娶了王熙凤。凤姐究竟是粗俗的。薛姨妈和宝钗心底里透着冷。

皇商的后代，纵然是百万钱财，终不是书香之族，“从周”的贾母和贾政只觉得黛玉合心合意。张道士向贾母说媒，贾母一口回绝，托词是：“上回有和尚说了，这孩子命里不该早娶，等再大一大儿再定罢。你可如今打听着，不管他根基富贵，只要模样配的上就好，来告诉我。便是那家子穷，不过给他几两银子罢了。只是模样性格儿难得好的。”

贾母的“不管他富贵根基”，指向的是对皇商大族的不屑。王夫人薛姨妈薛宝钗听见，定是羞惭讷讷。

二十五回，硬硬一句话：贾母不去王子腾夫人寿诞。

是有不愿亲上加亲之意。

末法世代

仓央嘉措有诗云——我问佛：世间为何有那么多遗憾？佛曰：这是一个婆娑世界，婆娑即遗憾，没有遗憾，给你再多幸福也不会体会快乐。

婆娑，也有堪忍之意——虽大悲欢、大幻灭，但也能够忍受下来，并在徐徐回望中，心生平静的暖意。

这是曹公写作《红楼梦》时秉持的情怀——叹人间，美中不足今方信。

在警幻仙子的《红楼梦十二曲·虚花悟》里有一句：闻说道西方宝树唤婆娑，上结着长生果。

然而水月寺的智能儿修佛，发愿不过是赶紧离了这不是人待的地方。可见水月，即风月是非之地——其中一件是智能儿的师傅净虚图财，与凤姐联手害死金哥和守备之子。

妙玉修佛，越发孤高，与世不容。如宝玉所言：她为人孤僻，不合时宜，万人不入他的目……她原不在这些人中算，她原是世人意外之人。

千红和万艳，从香菱黛玉晴雯到五柳儿芳官，也原是世人意外之人。

惜春，贾珍的幺妹，在荣府贾母膝下生活，几乎从不去已经被腌臜了的宁府，少年时代喜欢和智能儿玩在一起，青年时代贾府萧索之后出家。《虚花悟》这一签，是写惜春的。特殊的身世使得她成为《红楼梦》众多女子中少有的悟者。

宝玉少年时的赌誓——出家做和尚去——他最喜欢的唱词：漫揾英雄泪，相离处士家。谢慈悲剃度在莲台下。没缘法转眼分离乍。赤条条来去无牵挂。那里讨烟蓑雨笠卷单行？一任俺芒鞋破钵随缘化！

那一僧一道，疯癫神叨，无处不现身。英莲、黛玉、宝钗、宝玉、贾瑞、凤姐的命运造化，甄士隐和柳湘莲的前后追随而去。

结着长生果——即《虚花悟》里所言：把这韶华打灭，觅那清淡天和。

韶华，却有讥讽之意。见贾瑞之死。见贾珍贾赦贾琏薛蟠之荒淫。风月宝鉴这面镜子照出的人间警示正是佛典《菩萨诃色欲法经》中所言的：

> 女色者，世间之枷锁，凡夫恋著，不能自拔。女色者，世间之重患，凡夫困之，至死不免。女色者，世间之衰祸，凡夫遭之，无厄不生。
>
> 行者既得舍之，若复顾念，是为从狱得出，还复思入；从狂得正，而复乐之；从病得差，复思得病。智者愍之，如其狂而颠蹶，死无日矣！凡夫重色，甘为之仆，终身驰骤，为之辛苦。虽复呋质寸斩，锋镝交至，甘心受之不以为患。狂人乐狂，不是过也。行者若能弃之不愿，是则破枷脱锁，恶狂、厌病，离于衰祸，既安且吉，得出牢狱，永无患难。女人之相，其言如蜜，而其心如毒。譬如停渊澄镜，

而蛟龙居之；金山宝窟，而师子处之，当知此害不可近。室家不和，妇人之由；毁宗败族，妇人之罪，实是阴贼灭人慧明；亦是猎围，鲜得出者。譬如高罗，群鸟落之不能奋飞；又如密网，众鱼投之，刳肠俎肌；亦如暗坑，无目投之，如蛾赴火。是以，智者知而远之，不受其害，恶而秽之，不为此物之所惑也。

《红楼梦》的佛家思想浓重，从开篇的《好了歌》到每一个人物的所来所从所去因果报应，禅机处处。

贾府的两座私家寺庵：京都西郊的铁槛寺、水月庵。后者又叫馒头寺，书中诨语：因他庙里馒头做的好　　出千年铁槛，去往的不过是如馒头样的一抔黄土的坟——甄士隐小望族，贾府豪门，清帝王朝赫赫扬扬百多年——古今将相在何方？荒冢一堆草没了！

——刘姥姥说的“多少奇奇怪怪的事”。

由甄士隐的诡异命运作开篇，曹公想说的是：可见人世的善恶因果，并不是由着人的动念有始有终的。《红楼梦》确实是悲观的。

脂砚斋亦在第二回里“其中有个翻过筋斗来的”这段话旁批：一部书之总批……随笔带出禅机。

禅机，正是曹公的写作匠心，他善于布局、对应、伏线、蜿蜒，正话反说、反话正说、指东打西、讲究意趣，几乎不褒贬人事，用性格和命运套牢一个人，而非道德是非，侧面刀锋更利，局势陡峭，反转却也自然无痕。动辄出世。入世者善于自省，机警于不甘心。“使用史笔，文缓而旨远。儒道双行。”

朱自清先生解释何为道家：压根反对一切文化和制度，喜欢做隐士，好避世。

对照此论，显然，儒家是讲经济知识的，是要功名利禄、子孙万年长的。

大观园里的人物，或死或走，无论入世或者出家——说什么天上夭桃盛，云中杏蕊多？到头来，谁见把秋挨过——好一似食尽鸟投林，落了片白茫茫大地真干净。

生于光绪年间的李叔同说过，这是一个末法的年代，人间竟如阿鼻地狱。

他用佛典《事钞》所言解释何为末世——

> 今随世末，人务情巧。得在福敬，失在法式。但问尺寸短长，不论耳目全具。或争价利钝，计供厚薄。酒肉饷遗，贪淫俗务，身无洁净，心唯涉利。致使尊像虽树，无复威灵。乃至钞写经卷，唯务贱得。弱笔粗纸、恶匠鄙养。致使前工无敬，自心有慢。彼此通贱，法仪灭矣。

人务情巧——贾琏凤姐宝钗的善机变。

末世末法，德和慈悲心式微。《金瓶梅》尤甚。

第七十五回，贾珍一干人听见祠堂里有人长叹（宁国公之灵），贾母贾政一干人则在除夕夜里突觉疲惫和凄楚——贾府已入末世。

后面的三十回及佚失的二三十回，也不过是园了里最后的余晖。轰轰烈烈的抄检大观园行动，探春有言：……你们今日早起不曾议论甄家，自己家里好好的抄家，果然今日真抄了。咱们也渐渐的来了。可知这样大族人家，若从外头杀来，一时是杀不死的，这是古人曾说的“百足之虫，死而不僵”，必须先从家里自杀自灭起来，才能一败涂地！

杜宇声声

《红楼梦》全书诗词穿插很多。开篇的《好了歌》，孽海情天里的《薄命司文》《红楼梦曲十二支》，还有大观园里宝玉和众姊妹所做的诗。

这些诗歌里唯有一首气韵高亢、用词清雅、大气开怀、悟性了然。就是林黛玉所作、拟《春江花月夜》之格的《桃花行》。其中四句：天机烧破鸳鸯锦，春酣欲醒移珊枕……一声杜宇春归尽，寂寞帘栊空月痕。

此诗在第七十回。记住，《红楼梦》无闲笔，更无一字一词闲用。脂砚斋说过，曹公善于指东打西。

鸳鸯锦，贾母的贴身丫头鸳鸯，鸳鸯所张罗的贾母的日常和一种高蹈的维持。鸳鸯锦，也可指黛玉和宝玉的鸳鸯梦。春酣欲醒，暗伏了万梦成空，黛玉夭亡。也暗伏贾母八十大寿之后，这末世即将完结。但死亡未必就是一桩恨事。轻移珊枕之姿，说明了勘破之后的淡然——将这韶华打破，觅那云淡天和。

杜宇，杜鹃鸟。杜鹃声声里，春天被催促得就要走到尽头——最芳菲年华的一干人，偏逢了一个百年豪族的末世，如春天般新鲜明妍的少年时代，在一遍遍的驱赶里，戛然终结。

对应麝月抽签：开到荼蘼花事了。荼蘼，盛夏里才缓缓盛开的花。苏轼诗：荼蘼不争春，寂寞开最晚。是艳阳天里众花的收梢之花。

脂砚斋曾写下夹批：袭人出嫁之后，宝玉、宝钗身边还有一人，虽不及袭人周到，亦可免微嫌小弊等患，方不负宝钗之为人也。故袭人出嫁后云“好歹留着麝月”一语，宝玉便依从此话。

如是推敲：宝玉的原型曹公去到黄叶村著书的时候，袭人已嫁，宝钗已病死，身边只麝月一人。大观园万艳，只剩下此一人陪伴身边。又过了些时光，不期然遇见也潦倒的史湘云，与宝玉结为夫妇，一芹一脂话

《红楼梦》。

三十一回，因麒麟伏白首双星。在回目里埋伏下宝玉和湘云日后的白头相伴。

八回脂批里也有此证：余亦受过此骗，今阅至此，赧然一笑。此时有三十年前向余作此语之人在侧，观其形，已皓首驼腰矣；乃使彼此亦细听此数语，彼则潸然泣下，余亦为之败兴。

意思是读到曹雪芹写宝玉允诺送人字这一段文字，史湘云的原型脂砚斋说，想当年，我也受过此骗的。

起事的由头——香菱。收剎——湘云和麝月。香菱命运激烈，才出火宅，又入火坑。湘云有惊无险，且得良缘。麝月一生平静。

别人的文章只一处点睛，曹公的文章处处点睛，是一方考究的千人万事绣像图，也如宝玉身披的孔雀氅——万点眼睛的光。

红楼侠义

看客，若你把《红楼梦》一场只当作宝黛二人感情的悲剧，及或一个百足之虫死而不僵的大家族的突然衰落史，就局限小气了。《红楼梦》里“乱烘烘你方唱罢我登场”，铺展开的是“人性”二字——

大浪淘沙，那有性情有温度的人今日回思也令人潸然。那奸猾鄙俗之人逃之夭夭在路上，身影令人不齿。那有小性格的女子男子至今令人遐想一笑，爱之真真。那儒家端派的女人男人的行事终难免令人齿冷而不敬。那深知命运无常、盈满萧索之意的人每每令人叹息。

且把那有侠仁之举的人端出来细细说一回，方不辜负曹公下笔美意。

甄士隐对卖文作字的寒士贾雨村的款待筹谋。五十两白银两套冬衣，助力贾雨村赶考；

周瑞家的不嫌烦琐带着刘姥姥见到凤姐；

贾母给秦钟烧埋银子；

王夫人给刘姥姥一百两银子，让她做个小买卖，置几亩地；

北静王送宝玉的雪斗笠和蓑衣；

帮衬贾芸周转用的银子的醉金刚倪二；

一贫如洗的柳湘莲给秦钟拾掇坟；

柳湘莲暴打轻浮的薛蟠；

替薛蟠打跑了贼人的柳湘莲；

鸳鸯誓死不嫁守在贾母身边；

彩霞对贾环的感情；

凤姐张罗回家送葬的袭人的衣着和用物；

凤姐送邢岫烟雪褂子；

晴雯病中补孔雀氅；

平儿暗中照顾尤二姐；

紫鹃操心黛玉的终身；

柳湘莲为尤三姐的死拔出雄剑，斩断烦恼丝；

大观园被抄检的时候，探春保护着自己的丫头们；

宝玉私探晴雯；

小红贾芸和茜雪在狱神庙救助宝玉；

刘姥姥忍耻令板儿娶巧姐儿；

湘云的大说大笑，是宝玉真正的知音；

麝月的不离不弃。

千妥万当

花袭人有始有终。这句话终略有嘲讽之意。

为自己做一个终身的打算。花袭人是，宝钗是。花袭人和宝钗围坐在宝玉床边，做针线，毋宁说是围坐在她们盘算的命运里。

十九回，袭人从家里回来，和宝玉约法三章。畸笏叟眉批："花解语"一段乃袭卿满心满意将玉兄为终身得靠，千妥万当，故有是。余阅至此，余为袭卿一叹。丁亥春。畸笏叟。

奸人的爱情——有得倚靠。

畸笏叟的一段批语这样说：花袭人有始有终。余只见有一次誊清时，与狱神庙慰宝玉等五六稿，被借阅者迷失，叹叹！丁亥春，畸笏叟。

花袭人有始有终——服侍贾母的时候眼里心里只有一个贾母。服侍宝玉的时候眼里心里只有一个宝玉。至于将来，她不得不为了生存下去，告别贫寒的宝钗夫妇，嫁给了名伶蒋玉菡。

于是，服侍蒋玉菡的时候眼里心里只有一个蒋玉菡。

曹公无法褒贬一个时时为自己做着终身的打算，却也对他有情有义离而不弃的人。当年晴雯死，乃有人中间传话王夫人（宝玉道："怎么人人的不是太太都知道，单不挑出你和麝月秋纹来？"袭人听了这话，心内一动，低头半日，无可回答）。

宝玉明知缘由也只能长叹一声。

有始有终，即运筹帷幄、未雨绸缪、全盘在握。袭人和宝钗轻悄悄走在园子里，怀着心事。

晴雯和黛玉，只一味含酸，沉浸在自己的小丘壑里。哪里知道"性命攸关"四字的厉害。

昨日黄土陇头埋白骨，今宵红灯帐底卧鸳鸯。曹公写下这两句话时，当滑下泪水；《终身误》曲里说的是与薛宝钗“纵然是齐眉举案，到底意难平”一事，指向的却是木石前盟的水中月镜中花之空老牵挂。

偏心于黛玉。

第二十回脂批有曰：自古及今，愈是尤物，其猜忌嫉妒愈甚。若一味浑厚大量涵养，则有何可令人怜爱护惜哉?

晴雯和黛玉真真可爱。

“日则同行同坐，夜则同息同止，真是言和意顺，略无参商。不想如今忽然来了一个薛宝钗。”

那日，宝玉惊喜：天上掉下来了一个林妹妹。这日，黛玉纳罕：忽然来了一个薛宝钗。

黛玉打趣宝玉要有暖香，去配宝钗的冷香。脂砚斋说：活画。然这是阿颦一生心事，故每不禁自及之。

黛玉心中丘壑何其多，从此黛玉每每出场，话里含酸。不出场的时候就独自垂泪。直到死去。

命运的分水岭在第四十九回，黛玉拭泪对宝玉说：“近来我只觉心酸，眼泪却像比旧年少了些的，心里只管酸痛，眼泪却不多。”

预示了黛玉就会夭逝。宝黛果真不能够在一起了。

大局已定，即使黛玉不死，贾府的最高处——元春的旨意不可违逆。或者元妃先死，则宝黛婚事可成全。但元妃一死，忽喇喇大厦便倾倒，了孙流散，宝黛也未必就能相守在一起。况且那巧姐都流落烟花巷里了。

贾母迟迟未行定亲之举，是不愿直接违逆元春心思。贾母在观望，等待一个稳妥的契机。贾母本是稳妥人。

藏奸

且看甄士隐是《红楼梦》中怎样的人物："家中虽不甚富贵，然本地便也推他为望族了，因这甄士隐禀性恬淡，不以功名为念……是神仙一流人品。"

再看林如海何许人品——科第出身，虽系钟鼎之家，却亦是书香之族。

看贾政，从林如海口中说出：（介绍贾赦只就官位一笔带过）二内兄其为人谦恭厚道，大有祖父遗风，非膏粱轻薄仕宦之流。

亦有在外名声：这贾政最喜的是读书人，礼贤下士，拯溺济危，大有祖风。

这三个人是贾雨村从"待时飞"，到"官复原职"，到“连了同宗、平步青云”——不遗余力的帮助者。

这三个人的品格是《红楼梦》中最正。贾雨村恰恰是奸邪人物之首。

脂批有言：君子可欺其方也……虽政老亦为所惑。

冰雪聪明者乃林黛玉。乱判葫芦案之后，林黛玉便知贾雨村是藏奸者。

林黛玉眼见耳听官场猥琐黑暗，不认可此通行的法则，对宝玉的经济仕途从不持鼓励态度。是为宝玉所爱。

第三十二回中写道：“正说着，有人来回话：‘兴隆街的大爷来了，老爷叫二爷出去会。’宝玉听了，便知是贾雨村来了，心中好不自在。”

宝玉亦是洞明者，和黛玉同立场。

女眷中品格最正者为贾母。然第五回，贾母对秦氏的判断：是个极妥当的人……乃重孙媳中第一个得意之人。

贾母为其身世所惑。

焦大一介武夫，竟然无惑，洞若观火，动辄要往祠堂哭太爷去。

焦大痛骂：“我什么不知道？”令秦氏陡然埋下病

根。凤姐心中也大不自在。

焦大言：咱们胳膊折了往袖子里藏。脂批：一部《红楼梦》，淫邪之处，恰在焦大口中揭明。

名医张先生说："大奶奶是个心性高强聪明不过的人，聪明忒过，则不如意事常有，不如意事常有，则思虑太过。此病是忧虑伤脾……"

张先生在目录里称呼为张太医——张太医论病细穷源。太医，古代医生的职称，指封建社会专门为帝王和宫廷官员等上层统治阶级服务的医生。

在正文里却只说是先生，不说是太医。是为避讳他带来宫里的暗命。

秦氏辜负了贾母对她的器重。秦氏因焦大的怒骂和丫鬟的撞见，于是心事愈重。

袭人是第一个出场的奸邪人物。被贾母评定为：心地纯良，克尽职任，竭力尽忠。

晴雯死后，宝玉作祭诗：噫！女儿曩生之昔，其为质则金玉不足喻其贵，其为性则冰雪不足喻其洁，其为神则星日不足喻其精，其为貌则花月不足喻其色。姊妹悉慕媖娴，妪媪咸仰惠德。孰料鸠鸩恶其高，鹰鸷翻遭罘罳；薋葹妒其臭，茝兰竟被芟鉏！花原自怯，岂奈狂飙；柳本多愁，何禁骤雨！偶遭蛊虿之谗，遂抱膏肓之疚。

鸠鸩、鹰鸷，即指袭人。

宝钗和袭人为同类。市侩并有城府。物以类聚人以群分，二人互为欣赏。

有宝钗赞叹袭人语，见二十一回：留神窥察，其言语志量深可敬爱。

亦有袭人赞宝钗语，三十二回：真真有涵养，心地宽大。

黛玉和晴雯为同类。二人皆无一星半点淫邪和奸诈。晴雯对宝钗有不满：有事没事跑了来坐着，叫我们三更半夜的不得睡觉。

晴雯对黛玉可好？三十四回，宝玉受笞后的画面。宝玉怕袭人疑心（袭人嫉妒心其实更重，但城府深，绝不显露。但宝玉已渐知），把袭人打发去做别的事情。然后，宝玉便命晴雯来吩咐道：你到林姑娘那里看看他做什么呢。他要问我，只说我好了。晴雯道：白眉赤眼，做什么去呢？到底说句话儿，也像一件事。宝玉道：

没有什么可说的。晴雯道：若不然，或是送件东西，或是取件东西，不然我去了怎么搭讪呢……晴雯听了，只得拿了帕子往潇湘馆来……黛玉已睡在床上，问是谁。晴雯忙答道：晴雯。黛玉道：做什么？晴雯道：二爷送手帕子来给姑娘……

这个画面里，刁钻伶俐脾性大的晴雯竟如小猫样贴心温柔。她是宝黛爱情的见证者和支持者。晴雯是敬重黛玉的。因黛玉无伪无诈。也可以看出宝玉和晴雯是真默契。

黛玉对晴雯可好？从侧面可得知。七十九回，宝玉同黛玉修改悼念晴雯的祭文——宝玉笑道："论交之道，不在肥马轻裘，即黄金白璧，亦不当锱铢较量。倒是这唐突闺阁，万万使不得的。如今我越性将'公子''女儿'改去，竟算是你诔他的倒妙。况且素日你又待他甚厚，故今宁可弃此一篇大文，万不可弃此'茜纱'新句。竟莫若改作'茜纱窗下，小姐多情；黄土垄中，丫鬟薄命……"

"况且素日你又待他甚厚"——黛玉对晴雯是很好的。

小姐即林黛玉，丫鬟则指晴雯。在宝玉的心里，她们二人是同样一等美好并至亲的女子。

晴雯同黛玉都以玩笑的方式弹劾过袭人的行事，三十一回：晴雯听他说“我们”两个字，自然是他和宝玉了，不觉又添了酸意，冷笑几声，道：“我倒不知道你们是谁，别教我替你们害臊了！便是你们鬼鬼祟祟干的那事儿，也瞒不过我去，那里就称起‘我们’来了。明公正道，连个姑娘还没挣上去呢，也不过和我似的，那里就称上‘我们’了！”

同样是在这一回里，黛玉说：“好嫂子，你告诉我。必定是你两个拌了嘴了。告诉妹妹，替你们和劝和劝。”“你说你是丫头，我只拿你当嫂子待。”

这些玩笑话里晴雯和黛玉的态度都很明显——看不起袭人和宝玉的苟且之事。

她们二人被袭人之流痛恨处正是：率性天真，言语不乏尖酸刻薄。

若触犯了奸人，则下场不堪设想。

七十七回晴雯死去，宝玉正话反说袭人：你是头一个出了名的至善至贤之人。

真亦假，假亦真。

万字锦

卍字不断头五色富贵花纹的锦。卍发音为：万寿无疆万年基业万岁千秋的万。叫卍儿的小丫鬟的母亲生她的时候做的梦。

《红楼梦》里两次写到府里卍字花纹的锦缎。

凤姐曾做过一个梦：和一个人争抢一百匹锦。

黛玉在《桃花行》诗里写道：天机烧破鸳鸯锦。

秦可卿给凤姐托梦，用“鲜花着锦”来形容贾府即将迎来的盛事。暗示大盛之后大衰。

大观园正楼两旁，东曰缀锦楼。是元春探亲的歇止之所。后为迎春住所。迎春的婚姻最没底气最悲惨，最不符合贾府的豪门地位：她父亲贾赦欠了孙家五千两银子还不出，就把她嫁给孙家，实际上是拿她抵债。出嫁后不久，她就被孙绍祖虐待而死。金闺花柳质，一载赴黄粱。预示着荣国府已经切实走向衰败。

迎春曾独在花阴下拿着花针穿茉莉花。以结局回头观想那时的万岁千秋似乎都会有如此闲散平和的心态，更有撞破感。

“五色富贵不断头卍字的花样”旁有脂批：千奇百怪之想……随笔成趣，大游戏，大慧悟，大解脱之妙文也。

这花样宛若一首《般若波罗密心经》——观自在菩萨，行深般若波罗密多时，照见五蕴皆空……

那么黛玉的诗句“大机烧破鸳鸯锦”，也是大预感、大慧心、大坚强、大勘破、大顿悟了。

卍儿是一个符号。用宁府的一个丫鬟的惊鸿一闪作为象征，归拢了百年织造世袭之家步步行来的富贵、张扬、投机、惊险、惶恐、张致、惴惴。

说这个丫头的名字有如此来历，日后定会大有造化。在《红楼梦》里大有造化的意思就是有平安的结果。娇杏、板儿、麝月、贾兰。卍儿的存在应该如同京都西郊铁槛寺附近（黄叶村）人家里那个纺线纺得好的二丫头，脂砚斋批曰：如闻其声，如见其形。

虽当年宝玉在马车上，“频频回首四顾人群……电卷风驰，回头已无踪迹”。可见也是一个未来会再次出场、有结果的女孩。

也或者，这就是巧姐儿将来在黄叶村的生活貌样。得了平安、亲切，充满深情，令人宽慰。

王夫人当年给二进大观园的刘姥姥一百两银子——“拿去或者作个小本买卖，或者置几亩地，以后再别求亲靠友的。”

巧姐儿的名字是刘姥姥取的。刘姥姥家后来的小富安康，是王夫人帮衬的。刘姥姥和板儿救巧姐儿脱离火坑。

恩情绵绵。瓜瓞绵绵。比那卍字锦如何？

宝玉的贴身小厮焙茗，最得力最当红最得意。他说出卍儿这个名字的来历。宝玉便说赶明儿说给你做媳妇吧。焙茗就笑了。以焙茗的机灵和城府，还有义气，他当时的笑定是心中有数的意思。焙茗和卍儿的未来会如何？贾府萧索之后，他们二人会去民间过清贫的小日子。八十岁的焙茗老泪纵横说旧事，卍儿是他生命深处重要的一件。宝玉是一件。贾府由盛到衰是一大件。满纸荒唐言，一把辛酸泪。当卍儿这个名字自曹公写出，多少翩翩浮华历历在目。

伪善宝钗

凤姐协助宁府办理完秦可卿的丧事，跟从扬州归来的贾琏描述自己的能干，以凤姐之口，向我们看客总结了一大番贾府里大众的本事：坐山观虎斗，借刀杀人，引风吹火，站干岸儿，推倒油瓶不扶……

大众的本事——谁是大众？

凤姐说，咱们家所有的这些管家奶奶，那一个是好缠的……

那么就特指的是管家奶奶了！

管家奶奶的本事除了来自民间，还和谁学？各房的老爷和太太。各房的老爷和太太的为人处世一行一止又在教化着谁？各房的公子和姑娘。

二十七回，宝钗扑蝶。天真烂漫的少女，香汗淋淋，娇喘细细，一直来到池边的滴翠亭上。

之后所发生的事情便是赤裸裸的借刀杀人，引风吹火，站干岸儿了。

坠儿和小红私谈贾芸拾了小红手帕的事。且先不论坠儿在其中为风月拉纤的样子并不入眼（脂批：既能拉纤，便能为盗）。那步步行来的宝钗姑娘，蓦地听见一段意想不到的男女私情，心中顿生一计，口中喊着：颦儿我看你往那里藏。

以此搪塞掩饰，避祸。

借刀杀人，引风吹火，站干岸儿。宝钗的所为。

知道了宝钗心性里的底子，才可把握她的为人。真善抑或伪善？

至那三十二回，金钏儿被撵出园子，遂羞愤投井。王夫人知道这个消息后惊慌垂泪。宝钗前来安慰。表达了两个意思，一是金钏儿不过是个糊涂人，玩玩逛逛失脚掉到了井里。二是不过多赏她家里人几两银子，发送她，也就完了。

且不说王夫人因此更觉宝钗体己。只在这个情节里就见出宝钗骨子里无暖老温贫的善良。

对于红儿和贾芸的暧昧私情，宝钗的评价是：奸淫狗盗的人，心机都不错。

有心机者无宽厚同情心。倒打一耙的事情却常有。

在古代，无父母之命媒妁之言的恋爱都被判断为野合（四川诗人流沙河语）。所以不仅贾芸和小红的恋爱是没有规矩的，宝黛之恋也是没有规矩的。当袭人无意中听见宝玉说睡里梦里也忘不了黛玉时，心里会惊疑不止，又是怕，又是急，自忖如何处治方能免此丑祸。

丑祸。秦钟和智能儿的情事是一桩，司棋和她的表兄潘又安的自由恋爱又是一桩。

所以黛玉心急（四十五回，黛玉思忖，宝玉虽素习和睦，终有嫌疑），既怕私情惹祸，也怕和宝玉私传旧手帕子等物件，都属明晃晃的道德不容之事。唯愿贾母早日做主，将自己光明正大地许配给宝玉。

突然到来的宝钗全家，横生在宝黛的爱情里。再以宝钗几乎不外露的心机，步步为营，便直捣了黄龙穴。

高士黛玉

若要深懂宝钗的来历，可参看傅秋芳为何许人也。

她是《红楼梦》里雁过的一个人物。她的哥哥傅试是贾政的门生。这傅试是个暴发户，因妹妹有几分姿色，便安心要与豪门贵族结亲。然而豪门贵族却嫌他本是穷酸，根基浅薄，不肯求配。于是傅秋芳眼见已二十三岁，尚未许人。

注意这一句话：那傅试与贾家亲密，也自有一段心事。既可理解为贾府为傅试想要结亲的多个豪门中的一个。也可理解为傅试为与贾家亲密靠拢想要结亲的他者中的一个。

第四回，百万巨富薛家的公子和其寡母、妹妹来到京都。寡母薛姨妈的哥哥是京营节度使王子腾。她的姐姐则是宝玉的母亲王夫人。来京都的原因乃皇宫里正在仕宦名家的女儿中选妃嫔、才人赞善。

薛宝钗待选——她便是这样出场的。一家人住进了当年荣公暮年养静之所。宝钗日常则与黛玉迎春姊妹一起看书下棋做针线。

此回之后，待选之事不了了之，无人提及，宝钗住下，哪里也不去了。十六回，元春晋妃，省亲，见过宝钗等一干姊妹。宝钗的终身大事迎来定局。元妃心中有数，钦定有表。

那宝钗的做派，在家则安静针线，出门则和气随时。不喜花儿粉儿。且知识广泛，雍容大度。人家有玉她则有金。总之，黛玉和她一比，便什么都没有了，只孤零零一个多病的身子，悬在命运的一根线上——若许了宝玉则天遂人愿，若许了别人，她是活不下去的。情感洁癖。

且宝钗的人生立场深得众人喜爱，她曾劝诫黛玉：所以咱们女孩儿家不认得字的倒好。男人们读书不明理，尚且不如不读书的好，何况你我。就连作诗写字等事，原不是你我分内之事，究竟也不是男人分内之事。男人们读书明理，辅国治民，这便好了。只是如今并不听见有这样的人，读了书倒更坏了。这是书误了他，可惜他也把书糟蹋了，所以竟不如耕种买卖，倒没有什么大害处。你我只该做些针黹纺绩的事才是，偏又认得了字，既认得了字，不过拣那正经的看也罢了，最怕见了些杂书，移了性情，就不可救了……

移了性情。这四字可以弹劾黛玉，是在威胁黛玉。黛玉当夜想自己和宝玉，“终有嫌疑”，心事愈重。

如同袭人去王夫人那里弹劾晴雯，是被狐狸精移了性情之说。结果是要了晴雯的命。

第五回，宝钗刚刚登场，黛玉开启了房中独自垂泪、宝玉前去俯就的模式。之后则屡屡如是了。

脂砚斋每每含笑批言：奇文，我实不知鞶儿心中是何丘壑。

是疼，是叹，是惜。

直至某天宝玉觉得那宝钗辈好好的一个清净洁白的女儿，也学的沽名钓誉……独有黛玉自幼不曾劝他去立身扬名——所以深敬黛玉。

黛玉得知这心思，又是一哭。颇有知己之慰之快。

某天宝玉在睡梦中大喊出来：什么是金玉姻缘，我偏说是木石姻缘！

宝钗一怔。

这一怔里颇多城府。

然而谁也阻挡不了命定的：昨日黄土陇头埋白骨，今宵红灯帐底卧鸳鸯……纵然是齐眉举案，到底意难平。

王夫人、元妃、薛姨妈、王子腾、袭人，这一干力量的推波助澜，直至大局已定。

宝钗，你赢了。

黛玉，你的泪水终于渐干，早逝。你不过有个紫鹃和宝玉，还有贾母怜爱的心。也有凤姐淡淡的支持。

然而宝玉终不忘的是世外仙姝寂寞“林”。

想当年那宝玉挨打，宝钗手托药丸款款而至；贾母令其点吃的和戏，她单点那软烂的吃食和老年人爱看的热闹戏目；和黛玉谈心，有备而来，款款而道，说自己家算是读书人家，祖父手里也极爱藏书（宝钗意不平，看似家常，实则挣得书香之族的名号），送去燕窝和梅片雪花洋糖。

黛玉曾对宝钗言：然我最是个多心的人，只当你心里藏奸……

对照宝钗扑蝶事件，可见宝钗确实心里藏奸。巨富之家的女儿的世故、精明和盘算。

黛玉，一个坦荡直率聪明通透人儿。科第出身，世禄之家，书香之族的女儿——山中高士晶莹雪。

恶少薛蟠

色不会融于情。至情无色。有淫定无情。

宝玉不敢，也从未对黛玉生过色念，他们是精神恋人。

第十九回：情切切良宵花解语 意绵绵静日玉生香——宝玉去黛玉房中探视，二人面对面躺着说话。这个宝黛相处的画面是整部《红楼梦》里他们二人最亲密的。“只闻得一股幽香，却是从黛玉袖中发出，闻之令人醉魂酥骨。”

最懂宝黛情的脂砚斋言：却像似淫极，然究竟不犯一些淫意。

宝玉对袭人和宝钗有过色念。

有人认为薛蟠见了黛玉浑身便酥软了，是对黛玉动了感情。宝钗同薛姨妈和黛玉玩笑，说要把她许给薛蟠。

但薛蟠对黛玉，只是浮于对女性婀娜表相的攫取心。他对美色是拿来主义，而情义和善良少到可怜，所以被称为薛呆子、薛霸王、薛傻子。等同于恶霸、流氓、混混。更兼着仗势骄纵，父母管教不当，他既不读书，更无修养，举手投足言谈颇为愚蠢顽劣，怎与黛玉匹配，岂不是可怜金玉质，终陷淖泥中。

宝钗能开薛蟠和林妹妹的玩笑，宝钗亦是恶人。

《红楼梦》开端，薛蟠打死冯渊，霸占香菱，一家人托贾雨村善后，便没事般（见出薛姨妈亦并不太在意）骑马坐轿热闹向荣国府来。名为宝钗选秀进京，实则投亲于王夫人。心照不宣的默契在王夫人、薛姨妈和王子腾，还有宝钗四人的心里。

《红楼梦》中，荣宁二府的学堂里充斥着纨绔子弟；年长一些的贾赦贾珍贾蓉贾琏贾瑞贾环贾蔷薛蟠贾雨村，皆为恶男。薛蟠被柳湘莲暴打，在《红楼梦》里的样子越发猪狗不如。

第七十九回，迎春远嫁，并行的是夏金桂登场，带着宝蟾，她们先是同着薛蟠一起虐待香菱，香菱受尽折磨血气渐干移出去住，夏金桂宝蟾薛蟠三人之间产生恶斗。至此，《红楼梦》八十回原作以妒妇悍妇频生事的喧闹画面结束。对应《红楼梦》开场薛蟠气昂扬向荣国府走来的画面，恶有恶报也。

《红楼梦》写薛蟠，同《金瓶梅》写西门庆相比较，同是描述恶人，用戚蓼生的话说：……而欲求其一字一句之粗鄙猥亵，不可得也。

兰陵笑笑生写《金瓶梅》，罪不可恕之处在于：津津乐道于恶人之大恶，俨然任何的恶既然实现则成立，误导更为糊涂的人读了《金瓶梅》，则更入恶道。

看曹雪芹如何写薛蟠，可知《红楼梦》是一本宏大而洁净的书。虽写恶人，下笔绝不猥亵。

薛蟠有可爱的地方吗？约略是有的，这样倒是人性的全面和真切了。他对妹妹宝钗的疼爱之心；为贾珍送来葬秦氏的贵重棺材木料；他与柳湘莲的不打不成交，知恩图报，终结为兄弟。

即使如此，薛蟠依然是一个恶人。香菱的死亡，令我们可以想象迎春是怎样被孙绍祖虐待折磨而死。

曹雪芹对迎春的判词：子系中山狼，得志便猖狂。金闺花柳质，一载赴黄粱。作者痛批孙绍祖的无耻和残酷，何尝不是镜里镜外地勾画出薛蟠的嘴脸。

《红楼梦》是辨是非之书、辨真伪之书、辨善恶之书。曹雪芹良苦用心教会我们辨别之心。汉娜·阿伦特的伦理哲学核心：一个人仅仅有思考能力，有智慧，却没有高尚的判断力，则很容易成为恶人。

镜里镜外

六十五回，贾琏对尤二姐说，只等王熙凤一死，就接他进府。二姐听了，自是愿意。

这个对语，令人寒毛竖立。

六十八回，“苦尤娘赚入大观园”，一个“赚”字，凤姐的圈套，要赚取尤二姐的性命。尤二姐被凤姐的假装好意和诚心所骗，二姐是个实心人，“便认他作是个极好的人”。进入大观园住下。从此被控制，搜索掠夺去全部细软，每日剩菜剩汤，备受丫鬟的欺辱。最后在凤姐操办起来的张华官司和贾琏纳秋桐为妾时“不分明”地流产、吞金死了。

尤二姐和凤姐，其实同样都是凶狠的。

皇宫外一个豪族里的妻妾争斗尚且如此凶狠，可见皇宫内元春的处境，自有它的险恶，甚而朝不保夕。

秦可卿的突然自尽，隐约地解释了元春后来突然的病逝——喜荣华正好，恨无常又到……天伦呵，须要退步抽身早。

曹公下笔，镜外的事情镜里写。明写凤姐和尤二姐，也暗写宝钗和黛玉。

四十五回的回目里有三个字：金兰契。黛玉犯了旧疾，宝钗前来探望。宝钗就黛玉的药方子提出了很多想法和建议，令黛玉感慨万千，说出那藏于肺腑的话：我只当你素日是藏奸的……

宝钗回曰：我只有个母亲，比你略强些，咱们也算同病相怜……

是否曹公写凤姐假意与尤二姐结为金兰契，以此微妙对应宝钗和黛玉？

黛玉的心事，荣宁二府皆知。若宝玉生生娶了别人，她也不会再活下去。宝钗未尝不知道这个。而黛玉未尝不知道自己的婚事迟迟无人出来做主，恰是因为宝钗的心性举止更符合一个豪族对未来儿媳的要求——健康、能干。

风刀霜剑严相逼。出自黛玉的《葬花吟》。

一种很软的刀子。比照凤姐的“几时叫他（贾瑞）死在我的手上”。

五十七回，薛姨妈翩然亮相潇湘馆，给黛玉说了一大番姻缘一线牵的道理，偏偏那么肯定地认为黛玉的婚姻在哪里人间并不能知道的，要等月下老来定。宝钗还趁机开了一个隐约的黛玉和薛蟠的玩笑。

演绎出甚荒唐的一场母女亲情夜话。

更可验证宝钗一直以冷静做底子，怀着心机行事。她是那个清醒的明白人、旁观者、攫取者。而黛玉不过是把自己的命运就手丢给了命运本身。她已无力挣扎和争取。

倒是紫鹃在五十七回里主动出击了一次，她对薛姨妈说：姨太太既有这主意，为什么不和太太说去？

过招。唯有黛玉一味沉浸在假想的母女姐妹亲情中，感受着虚幻的温暖和贴心。如五十八回的回目，假凤泣虚凰。那么曹公已在暗示，五十七回的金兰契，也可以是假金兰契。

此回里的黛玉：愈发瘦得可怜。因为被假象靠拢。

情与色

《红楼梦》的写作本意就是勘破“声色饮馔之幻”。

有那柳湘莲的心语：我本有愿，定要一个绝色的女子……

那尤三姐当日无意中在众人里瞧见了柳湘莲——世家子弟，素性爽侠，吹笛弹筝，年纪又轻，生得又美。自诩水流花落之性。

至那尤三姐以雄剑自刎，返柳湘莲梦中告别，而湘莲不舍，欲上来拉住问，三姐一甩手，便自去了。湘莲放声大哭。南柯一梦醒来，也用那雄剑斩净烦恼丝，随跛足道士飘飘摇摇走了。如同甄士隐当年。

尤三姐情案，可细细剖析，知道端的。

人之已死，其言也真。尤三姐在柳湘莲梦里告诉他：妾痴情待君五年……

细细翻阅六十三回：贾蓉只管信口开河……三姐儿沉了脸，早下炕进里间屋里。六十五回：三姐偶有戏言，贾珍却不敢造次；贾珍在三姐面前不敢动手动脚。

六十九回，尤三姐入梦尤二姐，言："你我生前淫奔不才……故有此报……你虽悔过自新，然已将人父子兄弟致于麀聚之乱，天怎容你安生。"

尤三姐坦言自己淫奔不才，可见起先淫是有的（古人对淫的定义极为苛刻），后有了痴情，倒是早早悔改，连淫心都戒除了，守身如玉。六十五回此句可佐证：弟兄两个本是风月场中耍惯的，不想今日反被这闺女一席话说住。

尤三姐，被曹雪芹写为闺女。一词定清白。

《红楼梦》里有两个人赤裸裸地斥责过宁府的堕落。一个是焦大：那里承望到如今生下这些畜生来，每日偷狗戏鸡……

另一个是柳湘莲：你们东府里，除了那两个石头狮子干净！

宝玉的话语坐实了柳湘莲的揣想。他说，你既深知，又来问我作甚么，连我也未必干净了。

深知什么？秦可卿之死，尤氏姐妹之名。

坐实的是，可卿死得蹊跷。贾珍贾蓉之于尤二姐的聚麀之诮。尤三姐亦不检点。宝玉为何说他自己也未必就是干净的。可细想宝玉同秦钟、蒋玉菡他们之间或然的风月。

警幻仙子说：吾所爱汝者，乃古今天下第一淫人也。

贾宝玉被定案为古今天下第一淫人也。

可见淫的定义之严苛。

痴迷的，枉送了性命。说的就是尤三姐。绝色而刚烈的一对璧人，偏偏失之交臂。这一场盛大情殇乃用柳湘莲的冷面冷心超度尤二姐之淫罪。

因为尤三姐知耻，柳湘莲终生敬重之心，说出“这等刚烈贤妻”的话。

他们俩本是相同性情的人。柳湘莲暴打薛蟠，恨的是薛蟠误认他是个风月子弟。他三问薛蟠：你可认得我了？

尤三姐死，是因为柳湘莲认定她是一个不思悔改，从前淫现在依然淫的风月女子。尤三姐以自刎，以鲜血问柳湘莲：现在你可认得我了？

尤三姐，红楼中大觉第一人。

巨眼裙钗

巨眼英雄。巨眼指的是本者。英雄指的是所致以注目礼的彼人。既然识别出了滚滚红尘中难得的英雄人物，那么本者就是一个有着巨眼的英雄了。

以巨眼英雄为前提的爱情才是真正的爱情。娇杏贾雨村。黛玉宝玉。金哥和守备公子。智能儿和秦钟。焙茗和卍儿。贾芸小红。贾蔷龄官。尤三姐柳湘莲。史湘云宝玉。

相伴的白头偕老、分离的情天恨海，演出这悲金悼玉的《红楼梦》。

风月欢淫。风月，本就与爱情无关。更兼着“欢淫”二字，哪里去寻什么义气。秦可卿贾珍。袭人宝玉。凤姐隐约地与贾蓉。贾琏多姑娘鲍二媳妇尤二姐。司棋潘又安。薛蟠夏金桂。

《红楼梦》开篇，曹公慨然曰：……忽念及当日所有之女子，一一细考较去，觉其行止见识，皆出于我之上。何我堂堂须眉，诚不若彼裙钗……

彼裙钗，乃那些有巨眼的红粉英雄——有德之人。

《红楼梦》第六十四回，黛玉自谓“曾见古史中有才色的女子，终身遭际，令人可欣、可羡、可悲、可叹者甚多……胡乱凑几首诗，以寄感慨”。这几首诗恰被宝玉翻见，题为《五美吟》。其五即咏红拂，诗云：长剑雄谈态自殊，美人巨眼识穷途。尸居余气杨公幕，岂得羁縻女丈夫。

红拂——隋末大臣杨素家里的婢女，本姓张，因侍杨素时手执红拂（掸灰尘的用具），后来就叫她红拂。有一次，李靖以布衣入见扬素，从容谈论天下大事，红拂在旁见他气宇轩昂、谈吐超人，知道他将来必非庸碌之辈，就连夜越杨府投奔李靖，与他同往太原辅佐李世民起兵讨伐隋。见唐代杜光庭《虬髯客传》。

上流和下流，必得比较才有真知，所以《红楼梦》

要用对照和比照的法子，细细品鉴——出场来的卓尔不群者——几个异样女子，或情或痴，或小才微善。

英雄，亦有枭雄和奸雄之分。红粉英雄里，奸雄的则是王熙凤、袭人、薛宝钗、夏金桂；英雄的莫过于晴雯、黛玉、尤三姐、鸳鸯、紫鹃、小红。

平平整整、顺应命运的女子：湘云、宝琴、岫烟、平儿、香菱、麝月等。

还有些鬼祟无为的人物，赵姨娘和邢氏，尤氏也得算上。

脂正浓粉正香，长袖善舞。二十年来辨是非，因曹公心头有情笔下有叹，而遮掩去多少洞悉的明眼。

碣石潇湘

然，宝玉之心思，于四十二回彰显无遗。几个姑娘和宝玉一起在李纨的稻香村聚议惜春画大观园的事情，期间宝钗和黛玉打闹，黛玉的头发乱了，宝钗替她用手拢了上去。宝玉当时直想，刚才黛玉的两鬓松了，要是留着自己来拢，多好。

宝玉何意？乃两个都舍不下之意。他心底里有一股愿望：他们三个能够永远在一起，而宝钗和黛玉几乎要成为一个人，伴随他左右。

宝玉也曾有忖度，此生和袭人黛玉总是生在一处生，死在一处死的。他只对宝钗并不是很有把握。

移情动念，宝玉之于宝钗有数次。且宝玉续写庄子的《南华经》有句：戕宝钗之仙姿，灰黛玉之灵窍。可见两者在宝玉心中的并列关系，及各有别人所无法登临的长处。

五回警幻仙子推宝玉云雨的仙姬的样子：鲜妍妩媚有似乎宝钗；其风流袅娜则又如黛玉……乳名兼美——乃宝玉日后每每发少年思春时的慕想对象。

再来看黛玉在大观园诗社里的名号：潇湘妃子。

古典里，潇、湘妃乃尧的两个女儿，后做了舜的两个妃子。舜死后，二妃投水湘江。

曹公最爱的《春江花月夜》里有诗句：青枫浦上不胜愁……碣石潇湘无限路。

或许创作《红楼梦》的最初的思路就来自这两句诗。碣石——顽石；潇湘——宝钗、黛玉。

既舍不下和黛玉在灵魂与精神上的互为吸引，也舍不下宝钗别有的沉静风韵，所以黛玉会丘壑绵绵，疑宝玉至死。

黛玉不会投水自尽，只是病死。因死之前的黛玉已与宝钗释尽前嫌，心里不会有不平气。

美中不足今方信。到底意难平的是——娶了宝钗的宝玉才知道，灵魂和精神上的吸引力才是致命的和不能替代的。于是喃喃语：俺只念木石前盟。

绮罗丛

忙忙地，各路人马往第一繁华之地京都来。投靠的，黛玉。投机的，雨村。应选的，宝钗。皇商纨绔，薛蟠。求救济的，刘姥姥和板儿。与宝玉一见钟情的，秦钟。

前十回里，这些个人物鱼贯而现，暗地里也算得上尘扬马嘶；乱哄哄你方登场我也登场，反认他乡是故乡。

紧着便是可卿死，黛玉之父林如海病亡，元春气昂昂头戴簪缨加封贤德妃，而秦钟在此时夭逝。十七回之后，开启大观园的南柯一梦：雕梁绿纱红绡绮罗绣帐！公子佳人今何在！那美韶华去之何迅！一场欢喜忽悲辛。

纵居那绮罗丛——《红楼梦》为我们完成、提供了对中国自古以来延承的大富之家生活方式的想象和佐证。

玉。

锦绣织物。

珍饰。

茶。

香。

墨迹。

古玩。

花木。

戏。

家庙。

亭台楼阁。

诗书之人。

金满箱银满箱。

丫头和老婆子。

然，那美韶华去之何迅！再休提绣帐鸳衾。只这带珠冠，披凤袄，也抵不了无常性命。虽说是，人生莫受老来贫，也须要阴骘积儿孙。

大富之家的骄奢淫逸如暗藏的祸胎于堂皇皇中。宁府的贾珍贾蓉。荣府的贾赦贾琏。府外的贾雨村、薛蟠、邢德全、孙绍祖之流。七十五回，宁府已经每日斗鸡走狗，问柳评花，宰猪割羊，屠鹅杀鸭，大开赌场了。祠堂里的叹息和月夜桂花阴里凄凉的笛音，都是在这一回里。可谓紧锣密鼓地，把贾府带入元气丧尽的境地里。

花狼藉

杜牧诗《叹花》：自恨寻芳到已迟，往年曾见未开时。如今风摆花狼藉，绿叶成阴子满枝。

五十八回宝玉大病初愈，拄着拐，步入园中，已初夏了，把杏花错过，遂发出叹花感慨。

宝玉统共大病过三次。一次是赵姨娘请马道婆作法造祟宝玉和凤姐。二次是宝玉因蒋玉菡瓜葛和金钏儿之死受笞。三次是紫鹃谎说她和黛玉要回南边去了，宝玉顿时魔怔住。

整部《红楼梦》的压力于五十八回的宝玉叹花里沉沉而来。在这里，紫鹃丫头挺身而出。她用一句俗言劝黛玉：万两黄金容易得，知心一个也难求。也言：趁早儿，作定了大事要紧……一日若没了老太太，也只是凭人去欺负罢了，所以说，拿主意要紧。

此时，远道而来进大观园的宝琴和岫烟也都各自定了亲事。一个是梅翰林之子。一个是薛蝌。且邢岫烟的婚事还是贾母作保山。

而宝玉感叹的“绿叶成阴子满枝”，正是由岫烟的亲事引发的。对照岫烟，黛玉的亲事也应提上案头。紫鹃已经想透：最难得的是从小儿一处长大，脾气情性都彼此知道的了。

贾母为岫烟和薛蝌作保，未必不会想到黛玉和宝钗这两个待嫁的女儿，还有宝玉这待娶的男儿。更有宝玉和黛玉打一见面就异于别人的感情——贾母言他俩：不是冤家不聚头。

此章节里，甄府的人从金陵奉旨进京，顺来贾府请安。之后的章节会屡有插入：甄府的人来了，搬来许多东西。甄府的动荡和不安，及至未来的忽喇喇倒塌，都从这时候把阴影遮给贾府。

甄府就是贾府。真亦假，假亦真。

无论是贾府的危机，亦有贾母的年高，都必要地有人出来为黛玉早日定下终身大事。

宝玉为了黛玉的大病一场，依然不能够推进。

大观园混乱异常。芳官等学戏的女孩子或遣散或留下做丫头。这一干人“心性高傲，拣衣挑食，口角锋芒，不安分守己”，每日生事。

事情多到几处连起。彩霞在赵姨娘的怂恿下偷取王夫人处的物品事发，宝玉承揽了去。但是贾环并不领情，也不看中彩霞对他的痴情。已生了重病的彩霞将被许配给容貌丑陋、酗酒赌博的旺儿之子；此时，一心想到宝玉身边来的柳五儿被一个叫钱槐的坏小厮盯上。

两个玉柳般的人物眼见着堕入火坑。

宝玉的叹花，不仅仅指对着就要嫁人生子的岫烟和宝琴，而是向大观园一干女孩子的命运而发。

花儿成了果子就会落，女儿嫁人生了子就要乌发如银红颜似槁。

也是在第五十九回，莺儿采柳条编篮子，春燕笑道：怨不得宝玉说，女孩儿未出嫁，是颗无价的宝珠；出了嫁，不知怎么就变出许多的不好的毛病来，虽是颗珠子，却没有光彩宝色，是颗死珠了；再老了，更变的不是珠子，竟是鱼眼睛了。

少年心生出老成。宝玉是，黛玉亦是。人生恨事：做不了自己命运的主。

两个女英雄

刘姥姥和探春。两个颇有英雄气的人物，做得了自己命运的主。

都是末世之族里的人。《红楼梦》里第一个出场的人物，甄士隐，是末世。第二个人物，贾雨村，亦是。第三个人物，冷子兴，也算是了，周瑞家的女婿，做古董生意，时而有官司缠身。第四个人物，林如海，好一个末世之族，他去世后，黛玉竟然连一个近亲都没有了。第五个人物，柳湘莲。

盛世流于平常，末世方见传奇。

刘姥姥这个积年老寡妇，金口一开，便知是有见识有来历的。

一开金口，对女婿狗儿：谋事在人，成事在天……当日你们原是和金陵王家连过宗的……

二开金口，对贾母说：我们村庄上那里有个坐着的空儿？天天都是在那地头上做歇马凉亭，什么奇奇怪怪的事不见呢？

三开金口，对李纨和凤姐说：别的罢了，我只爱你们家这行事。怪道说礼出大家。

四开金口，行酒令：花儿落了结个大倭瓜。

五开金口，日后大了，各人成家立业，或一时有不遂心的事，必然遇难成祥，逢凶化吉，都从这巧字儿来。

四十二回二进大观园并游园开宴之后的刘姥姥和板儿，就此回到京都西郊的黄叶村，不再登场。然而，八十回之后，已有一进和二进的刘姥姥，必开启第三次的到访。也正是巧姐儿遇着难的时候。深明大义的刘姥姥和板儿解救巧姐儿，并忍耻令板儿娶巧姐儿为妻——势败休云贵，家亡莫论亲。偶因济刘氏，巧得遇恩人。

留余庆，留余庆，忽遇恩人。忽喇喇倒塌的贾府的余庆，竟然来自一个耄耋村妇。

另一个女英雄探春。贾政和赵姨娘的女儿。庶出。其貌：俊眼修眉，顾盼神飞，文彩精华。她是海棠诗社的发起者，别号蕉下客。

佛经中常以芭蕉的空心——无牢无实，无有坚固，来形容世间虚妄不实，如《杂阿含经》说，色、受、想、行、识亦如聚沫、尘埃、芭蕉。

芭蕉是一层皮一层皮地包裹起来的。去剥开它，是一层皮又一层皮，没有实心。也就是说，没有坚实所在。可惜的是，众生往往不知世间事也如芭蕉一样，所以，遇到不如意的事，老时来至，病苦缠身，家庭变故，是一样的痛哭流涕。《红楼梦》正是一部幻书。蕉下客的出现绝不是随意自名。

蕉下、蕉叶覆鹿、忘蕉鹿，探春的蕉下客，意指真妄两忘，得失两忘，不为物累，不为欲牵，便能精神自由逍遥。

无论是处理和亲生母亲的关系，还是抄检大观园时候探春响亮的一掌和一席铿锵的话语：须从家里自杀自灭起来，才能一败涂地！这些都说明探春是那个虽然身处旋涡和危机，却也洞若观火的清醒勇敢之人。日边红杏倚云栽。远嫁海疆的探春以她的精明和决断力，必然会如她自己曾说过的：我但凡是个男人，可以出得去，我必早走了，立一番事业，那时自有我一番道理。

所谓能够出世者，却是那个入世也入得清明的人。否则就是庸常逃避，糊涂和懦弱。

袭人出动

清代的江顺怡说：惟袭人可恨，然亦天下常有之事。

初读《红楼梦》者，会入一个误区，觉得那袭人温柔和顺，如兰如菊，有礼有节，当劝则劝，当陪则陪，当侍则侍，当让则让。然熟读《红楼梦》后，会渐渐知觉袭人和宝钗的为人。

知觉，而不是判断出。二十年来辨是非。再说一次，辨的不是虎兕，辨的却只是儿女情长。

天下的奸者，必是藏奸者。既藏，则不明，则需要时间，方得水落石出到来的答案。

奸者常有不能说的话。真者如黛玉晴雯湘云，则没有不可说的话。

且看袭人的结果。她那一声“好歹留着麝月”，余音袅袅。她离开宝玉，嫁给了名旦蒋玉菡。

遑论对错。甚而是含着深深的情义——陪伴宝玉从童年长到少年，又到青年，及至穷困潦倒之时的这位女子，曹公不忍心明责。

京都平民家的女儿。因家境败落父母周转不过来，遂卖了本名花蕊珠的女儿至贾府为婢，在贾母身边侍奉着。因“心地纯良”，与了宝玉。宝玉为其改名袭人。取花气袭人之意。贾政不喜此名，含有魅惑。

第三回，袭人轻手轻脚出场。是《红楼梦》里出场的第二个婢女（第一个出场的是甄士隐家的娇杏。她是《红楼梦》里罕有的平步青云顺风顺水的如意人。偶因一回顾，便为人上人）。

在此回里，黛玉远从扬州进到京都。贾母安置黛玉的下榻处，文字带出袭人：宝玉之乳母李嬷嬷并大丫鬟名唤袭人的陪侍在外面大床上。

宝玉睡在碧纱橱外，黛玉睡在碧纱橱内。两小无猜，青梅竹马，就是这个意思了。

袭人出动，笑着脸儿，轻着脚步，心底里暗自观察着，揣摩着，端量着，忖度着。原来她所盘算的自己想要的一个结果，很早就已经在破土出芽了。早慧，早熟的一个丫头。

在大户人家做丫头的结局大致有三种。一种是年龄大了，打发出园子，自己过活，或者配小子。一种是犯了事，赶出园子，或胡乱配个小厮。第三种是得到主子的青眼相看，纳为妾。

袭人希望自己是第三种结果。

或者说，所有的丫头都希望自己是第三种结果？

非也。

晴雯，也是贾母身边的丫头，给了宝玉，天真到没心没肺，没个盘算。

鸳鸯，誓死不从贾赦和邢夫人的威严逼迫，宁愿终身不嫁。

司棋，只愿和自己的表兄天长地久。

小红，眼大心大，渴望着一场轰轰烈烈的比翼双飞。

娇杏，跟随着甄家娘子，辗转乡下，日夜做针线活，帮着些用度。

……

这世上有一干人所遵循并兴致勃勃执守的奋进原则，如那个对贾雨村献计的门子（极其猥琐市侩无情丑态毕现之人）所言：大丈夫相时而动、趋吉避凶者为君子。

袭人是其中之一。

与贾宝玉初试云雨情。那宝玉“只管红着脸，不言语，袭人却只瞅着他笑”，亦用言语挑起这个话题，遂扭捏温存了一番。自此宝玉视袭人更为不同。

袭人是有大志向的女子，从这句劝诫宝玉的话里即可见出：念书是极好的事，不然就潦倒一辈子了。

女子无才便是德。女子只如李纨以纺绩女红、侍亲养子为正确。夫贵则妻荣。

这亦是宝钗所信奉的人生要理。

袭人所为，可从宝玉乳母李嬷嬷和晴雯的话语里看出六七分。

那李嬷嬷拄着拐杖，当地骂袭人：“忘了本的小娼妇……一心只想妆狐媚子哄宝玉……看你还妖精似的哄宝玉不哄……谁不是袭人拿下马来的……”

当袭人无意撞见宝玉对黛玉的表白：好妹妹，我的这心事，从来也不敢说，今儿大胆说出来……睡里梦里也忘不了你。

袭人的心理反应竟然与她自己平日的所行之事完全相反：惊疑不止，又是怕，又是急，又是臊……倒怕将来难免不才之事……却是如何处治，方能免此丑祸?

因宝玉和黛玉众所周知的不是冤家不聚头的感情，贾母等人早有让他们二日成亲的意愿。那么为何袭人还会如此惊疑不定，甚而有暗暗下力拆散他们二人的决心。

物以类聚人以群分。袭人虽是贾母的人，但更俯就于权势在身的王夫人。并深知王夫人看重的未来的儿媳妇是宝钗而非黛玉。她所亦步亦趋巴结示好的对象已分明：王夫人和元妃。

如同王熙凤谈笑间收了三千两银子，便棒打了金哥和守备公子的缘定三生，袭人和王夫人以及元春和宝钗，齐心协力，以神不知鬼不觉的推动，让黛玉对此婚事无望，加重了病情，造成其早逝。

且看宝玉来到太虚幻境里翻开金陵钗册子所看见的

第一篇判词：霁月难逢，彩云易散。心比天高，身为下贱。风流灵巧招人怨，寿夭多因毁谤生。多情公子空牵念。

招人怨——招何人的怨？因毁谤——受何人的谤？

袭人也。

以此可推及黛玉后来的越发零落与不堪——一年三百六十日，风刀霜剑严相逼。并不夸张。

第三回里袭人出场，曹公说她：却说袭人倒有些痴处，服侍贾母时，心中眼中只有一个贾母。今跟了宝玉，心中眼中又只有一个宝玉了。

从前袭人服侍的不只是贾母，还有一个史湘云。湘云的儿童时代是在贾母身边长大的。一日湘云定亲后来荣府玩，听听袭人和湘云的对话。湘云说，那会子咱们那么好……怎么就把你派了跟二哥哥，我来了，你就不像先待我了。袭人的反驳是，你如今大了，就拿出小姐的款来了，你既拿小姐的款，我怎敢亲近呢？于是湘云大喊冤枉。

袭人的老成甚至是老辣，还带着约略的市侩气，显露了出来。

宝玉受笞后，袭人对王夫人进言：到底是男女之分，日夜一处起坐不方便，由不得叫人悬心……我们不用说，粉身碎骨，罪有万重，都是平常小事，但后来二爷一生的声名品行，岂不完了呢……近来我为这件事，日夜悬心……

这番话的指向，就是黛玉。“粉身碎骨，罪有万重，都是平常小事。”何其市侩之语，丑恶扑面而来。

日后晴雯和四儿被王夫人赶出园子，暗报日常言谈行止者依然是袭人。“所责之事，皆系平日之语，一字不爽。”

晴雯的性情做派，公然就是另一个黛玉。而晴雯的命运结局，直影射了黛玉的。

茜纱窗下，我本无缘，黄土陇中，卿何薄命。宝玉为祭奠晴雯，念出的这个句子，却令黛玉陡然变色，无限狐疑。她所狐疑的正是自己的命运。所谓一语成谶。

黛玉的茜窗。刘姥姥二进大观园游园的时候，贾母因见潇湘馆的绿纱窗旧了，令凤姐明日拿银红的“霞影纱”替黛玉糊窗子。

花落湘云

花袭人有始有终——花袭人的一生，《红楼梦》有始有终。

这句话如果这样理解，就对应了作者的意思。而并非歌咏袭人的忠贞节烈。既已改嫁，何谈节烈？

纵观大观园，面目清晰，有举动有态度，有穿梭有谋划的女子，也不过三五个。凤姐、宝钗、黛玉，然后就是袭人和晴雯。就连探春也不过是忽现峥嵘，戎马了刹那。至于史湘云、平儿、香菱、尤三姐、妙玉、鸳鸯，都只是蓦然惊艳的人物，定格在一个命运的指数上，不会有什么悬念。那迎春惜春宝琴岫烟芳官等一干人马，只是背景的皴染，丰富着《红楼梦》的喧嚷罢了。

第三回袭人睡前轻悄微笑地找黛玉说小话，到《红楼梦》的终了，袭人和蒋玉菡救助宝玉，此时宝钗已逝。袭人公然一个铁肩担道义的姿态，和丈夫侍奉从前的家主。

然而，毕竟袭人为了苟活，选择了嫁人这条出路。毕竟袭人最终离开了宝玉。

整部《红楼梦》，竟然是袭人的一生。

眼见了袭人的结局，曹公提笔写《红楼梦》。他使用了一个自己的幻影，甄士隐，那甄士隐过着神仙般的生活，住在一座庙的隔壁。曹公住在黄叶村，一座庙的隔壁。先盛而后遽变衰微，此间多少女子蹁跹走过作者的心坎和脑海——

记得当时年纪小，你爱谈天我爱笑。有一回并肩坐在桃树下，风在林梢鸟儿在叫，我们不知怎样睡着了。梦里花落知多少。

六十二回，讲的是宝玉庆生，白日里湘云醉卧芍药花下。

此时大家有坐有立，有看花的有看鱼的，有下棋的有说笑的。一句淡淡的话带过一个场景：黛玉和宝玉在一簇花下唧唧哝哝，不知说些什么。

这个画面，袭人遥遥地便望见了。于是有了袭人送茶这个略微可笑的画面。单单只端了两盅茶来，一个是给宝玉的，一个是给黛玉的。转瞬把那宝钗丢至了一边。

设若宝玉和黛玉的婚事已经在贾母的心意下不可撼动，即使元春和王夫人另有他意，袭人必将服侍黛玉的时候心里眼里只有黛玉一人了。到六十六回，从兴儿的嘴里可知这一几乎坚若磐石的局面。

《红楼梦》里的写法很讲究侧面刀锋。凡真相，则从不甚相干的人嘴里说出来：焦大、李嬷嬷、赵嬷嬷、张道士、开篇里的冷子兴。那兴儿长篇大论眉飞色舞地给尤二姐和尤三姐讲荣府里的事。

兴儿说：……他已有了人了，只未露形，将来准是林姑娘定了的。因林姑娘多病，二则都还小，故尚未及此。再过三二年，老太太便一开言，那是再无不准的了。

五十五回里，凤姐与平儿谈未来的大项支出。凤姐说：宝玉和林妹妹，他两个一娶一嫁，可以使不着官中的钱，老太太自有梯己拿出来。

颇有掷地有声、铁板钉钉之声色。袭人不会不风闻这样的讯息。

倒回至三十六回，宝玉午睡，袭人和宝钗一起做针线活。这场景却应是大观园散场后，宝玉娶宝钗、袭人为妾的画面了。黛玉行至窗外，隔着窗纱看见宝钗做针线宝玉酣睡的这一幕，“早已呆了”。

那个夏天的正午，宝玉在睡梦中喊出：和尚道士的话如何信得？什么是金玉姻缘？我偏说是木石姻缘。

可卿曾托梦凤姐言：三春去后诸芳尽，各自须寻各自门。

大观园的盛世里，一群少年，寿怡红群芳开夜宴，千红一窟万艳同杯。戛然在尤三姐和尤二姐的先后死去，接着就是抄检大观园，晴雯死，夏金桂登场。人生歌哭和欢悲的起伏跌宕。

一丝不乱。脂批喜欢用的四个字。

湘云是宝玉黛玉宝钗袭人情事的旁观者。花开花落终有时，缘起缘落无穷尽。湘云醉卧，物我两忘——才可批《红楼梦》。

金桂影射

凤姐人生的黄金分割线在第五十五回。这一年元宵节后，凤姐突然小产。因素日争强斗智，心力更亏，身子竟然就虚弱了下来。

王夫人的绸缪是：李纨和探春合力主事，宝钗协理。

注意：宝钗协理。

凤姐此时恨不得一时复旧如常。

平儿曾说，何苦来操这心！得放手时须放手，什么大不了的事，乐得不施恩呢。依我说，纵在这屋里操上一百分的心，终久咱们是那边屋里去的。

荣府两兄弟，贾赦和贾政。贾琏是贾赦的儿子。凤姐是王夫人的侄女，嫁于贾琏，在荣国府里协助王夫人料理家里大小事。因行事做派大方款款，精明飒爽，且言如响珠，能够每每逗乐贾母。宁府秦可卿死，贾珍来求凤姐打理丧事，可谓更是扬名立万了。是荣宁二府里的第一能干之人，连男人在她面前都退射下去了。

然而王夫人的臂膀，终究得是自己家里的人。在元春的授意下，宝钗将要嫁给宝玉。宝钗的两重身份，一是王夫人的姨侄女，一是王夫人的准儿媳妇。李纨是王夫人的大儿媳，但李纨行事性情迂腐守旧些。而宝钗是皇商贵胄之家的女儿，自小就耳濡目染运营之道。每每比薛蟠能干一千倍。薛姨妈对宝钗说过，你要有个好歹，叫我指望那一个呢。

所以凤姐身上的担子和风光是要移交到宝钗身上的。从第五十五回始，凤姐不仅因身体虚弱而心灰，也因眼前的格局而内心忧虑。她直率地对平儿说：若按私心藏奸上论，我也太行毒了，也该抽头退步。回头看看了，再要穷追苦克，人恨极了，暗地里笑里藏刀，咱们两个才四个眼睛，两个心，一时不防，倒弄坏了。

凤姐巾帼奸雄的身影在大观园里自此淡了下去。柔李纨敏探春和贤宝钗，给大观园带来一片生动祥和之色。

及至凤姐再以好勇斗狠的样子出现，是得知贾琏有了外室尤二姐这件事。凤姐只轻松使用着从前的手段，一诈二夺三闹四威逼；坐山观虎斗、引风吹火、借剑杀人、站干岸儿、推倒油瓶不扶。不得活路，尤二姐终于自尽。

凤姐大闹宁国府。尤氏和贾蓉被凤姐肆意唾骂和揉捏。贾琏暗暗赌咒要替三姐报仇。凤姐的身体又虚弱了下来，一个整年就这么过来了。

鸳鸯拒嫁、抄检大观园，凤姐是眼观者。知道邢夫人和贾赦的算盘不会如意，心底里赏识赞叹过鸳鸯。已得血崩之病的她，大限将至。

凤姐的命案——贾瑞。金哥和守备之子。鲍二媳妇。尤二姐腹中的胎儿。尤二姐。也许还有被冤枉偷玉的良儿。

无情的，分明报应。欠命的，命已还。王熙凤的结局，应该是和柳五儿、彩霞、香菱、黛玉、贾母，在同一时段里先后病死。

曹公下笔，既不忍道明可卿淫乱命丧天香楼一事，亦不忍指认袭人便是那“蛊虿之谗”的人，更不忍责凤姐的悍、贪、毒。皆因她们三个都曾经极其爱护和心疼宝玉。

所以到了第八十回，曹公痛痛快快地以夏金桂的行事做派投影于凤姐，见出作者鲜明的道德立场。

蝇头奸雄

“军牢快手，一对一对过去。俄而大轿内抬着……”

《红楼梦》里见到的痛快句子之一。

是贾雨村宦海风光的第一次——中了进士，选入外班，升了本县老爷。

之前的他，寄居地陷东南的姑苏城内的一座庙中，卖字为生，自然迟迟凑不起进京的旅费。贾雨村思及平生抱负，苦未逢时，乃又搔首对天长叹，高吟一联曰：玉在匮中求善价，钗于奁内待时飞。

此联并不为黛玉和宝钗的出场做埋伏。此联是作者诙谐心和慧心——古今亿兆人如是想——求善价、待时飞。只娇杏糊涂，麝月真佛性，方是难得有结果的人。

葫芦庙隔壁的富足雅士甄士隐中秋夜赠送文银和两套冬衣，助力贾雨村赶考。

且看雨村之后的一系列表现：

中秋夜之后的第二日清晨，他便进京去了。并不面辞于甄士隐。理由是读书人以事理为要。

事理指的是：经济仕途。

读书人不在黑道白道，指的是：人间情长是拖累。

见其现实。

上任第一日偶遇买线的娇杏丫头。传来甄士隐的丈人封肃问询，方知甄家变故。赠银二两。

见其吝啬。

并轻诺，会差人去寻拐走的英莲。

讨得娇杏为妾，封百金赠送封肃。

见其贪欢。

宦海失意第一次——未免贪酷，被革职。然面上全无一点怨色，喜笑自若。

见其世故、城府。

智通寺偶遇破旧对联：身后有余忘缩手，眼前无路想回头。从葫芦庙（难得糊涂）到智通寺（懂心机）的他因想，其中想必有个翻过筋斗来的人。

见其阅历。

和冷子兴谈天，说到贾府中衔玉而生的公子，贾雨村反驳冷子兴曰：乖邪之气和灵秀之气互相激发，秉此气而生的人，情痴情种逸士高人也。

见其神通。

贾雨村因林如海信荐贾政，复官，宦海风光第二次。一到任就遇见薛蟠案子，当事人竟然是英莲。乱判此案，既不与英莲相认，又急书一封于薛蟠舅舅京营节度使王子腾，邀功。把当日对封氏许诺找回英莲的话全然抛掷脑后。并将知他底细的门子远远打发了。

见其寡信、冷酷、舞弊。

三十二回，贾政叫宝玉见前来拜访的雨村，宝钗得知后对袭人说，这个客也没意思。

虽贾雨村曾徇私舞弊使得薛蟠逃过恢恢法网，但宝钗等人却轻蔑他。

见其失节于众人。人们对他的描述是：生性狡猾，沽清正之名，暗结虎狼，民命不堪。

凤姐亦如是。所以是女奸雄也。

自此，与贾府连了宗的贾雨村便逍遥于京都官场上了。贾珍与贾政都与他相交甚洽。其间又有石呆子扇子一事。贾赦为了侵占古扇，便与贾雨村合谋了一个罪名，害死石呆子。

然贾府底下的人见之则几乎掩鼻而过。七十二回从林之孝嘴中得知，贾雨村降了，是他宦海生涯中的又一次被降职。贾琏则说，他那官儿未必保得长，将来有事，只怕未必不连累咱们，宁可疏远着他好……横竖不要和他谋事。

见贾府已生危机感。

连平儿都咬牙骂道：都是那贾雨村什么风村，半路途中那里来的饿不死的野杂种！认了不到十年，生了多少事出来。今年春天，老爷不知在那个地方看见了几把旧扇子……

助纣为虐。为虎作伥。

青年时代沦落于庙里寄居的贾雨村，所怀着的抱负，正是宝玉最痛恨的“经济仕途”，也是袭人口中所言“读书是极好的事，不然就潦倒一辈子”。

若不潦倒，则要入世——入世来一番相机而动、趋吉避凶，则成就大丈夫事业。

宁府上房内有一对联：世事洞明皆学问，人情练达即文章。脂砚斋曰：看此联极俗，用于此则极妙。

此对联总起的是贾珍贾蓉贾琏贾雨村凤姐王夫人薛姨妈宝钗袭人一干人的行事态度。

五回的蒙批说：万种豪华原是幻，何尝造孽，何是风流？曲终人散有谁留，为甚营求？只爱蝇头！

是同一个意思。

可知“人情练达”四字真真害人不浅也。

雨村宦海波折再二再三，也算披荆斩棘一生，奸事狠事做了一大堆，逢迎八方官员，却也只是落了个“因嫌纱帽小，致使锁枷扛”的结局。

红楼奸雄之一的命运，说的正是：机关算尽太聪明，反误了卿卿性命。

其他的奸雄亦是如此下场：王熙凤、夏金桂。

宁府贾珍的媳妇尤氏最喜和荣府贾琏的媳妇凤姐说“够狠”的玩笑话。四十三回，贾母为凤姐做生日，请尤氏操办。尤氏对凤姐连说几句狠话。

一是，你这没足厌的小蹄子。

二是，你这阿物儿（指东西，常用作蔑称，或对人开玩笑的称呼），也忒行了大运了。

三是，我劝你收着些儿好，太满了就泼出来了。

四是，弄这些钱那里使去，使不了，明儿带了棺材里使去。

早在七回，就说那尤氏一见了凤姐，必先笑嘲一阵。

见出尤氏虽在贾府无用武之地，不能规劝贾珍，未见管教好儿子，但心中尚算清明，见不惯凤姐的行事做派。言为心声，玩笑中常埋伏有真言语。为凤姐将来的一悟助力。

尤氏有暖老温贫之心。凤姐生日大家凑份子钱，尤氏退还平儿的、鸳鸯的、彩云的、周姨娘和赵姨娘的，她说，你们可怜见的，那有这些闲钱。

见出凤姐对弱者的不以为意。

贾府人对凤姐暗里有微词的，先是在六回刘姥姥一进荣国府，周瑞家的对刘姥姥说，少说有一万个心眼子……对下人未免太严些个。

脂批说周瑞家的是一个怀情不忘的正人。正人说正语。

藏奸者如袭人、宝钗，也不过是顺应了命运——嫁人的嫁人，早逝的早逝。

微言风月

也来谈一谈奸人的爱情。

《红楼梦》中最扑朔迷离的风月公案，属王熙凤和贾蓉。那焦大嘴中喊出的“养小叔子的养小叔子”。

曹公写下：凤姐和贾蓉也遥遥的闻得，便都装作没听见。

那贾蓉是个什么模样？十七八岁，身段苗条，美服华冠，轻裘宝带。

第六回，刘姥姥一进荣国府，就看见了贾蓉。凤姐对刘姥姥介绍，你只管坐着罢，这是我侄儿。

最为蹊跷的是，本回末，周瑞家的又对刘姥姥说，那蓉大爷才是他的侄儿呢。

一个章回里，反复强调，贾蓉是凤姐的侄儿。看起来啰嗦，然而这正是曹公写作的一个法子。弦外之音、虚响之音。这一回里掉下的几句不经意的话，是在说后十回甚至是后数十回里的演绎。在彼时用着障眼的法子，依然是不忍心说穿。

戚蓼生在《石头记》的序里说：淫佚贞静，悲戚欢愉，不啻双管之齐下也。

淫佚、贞静。凤姐的形象总是两重的：处理事务款款有序，捍卫自己的清白比任何女性都要刚强。上对老下对小考虑周全甚至是体贴的，对于外来的侵入者却是杀伐果决。为了钱财从不问良心，但也体恤贫苦人如刘姥姥，还有袭人及后来进大观园的邢岫烟。

脂砚斋曾批：若直以明笔写之，不但唐突阿凤身价，亦且无妙文可赏。若不写之，又万万不可。故只用“柳藏鹦鹉语方知”之法，略一皴染，不独文字有隐微，亦且不至污渎阿凤之英风俊骨。所谓此书无一不妙。

且看六回里贾蓉来求借一个玻璃屏风，凤姐和贾蓉说话的神情：慢慢吃茶，出了半日神，忽然把脸一红。

贾蓉是个什么神情？答应个是，抿着嘴儿一笑。

这个时候秦可卿身体尚且安好，甚至是矫健的，谈笑风生。注意这里有一笔，关于尤氏的，即贾蓉之母。曹公说，那尤氏一见凤姐，必先嘲笑一阵。

嘲笑，一则投缘，感情好。再一则，与小秘密有关。

后人分析，凤姐与可卿走动极密，关系极好，其实是凤姐和贾蓉有暗暗的风月在发生。

只能是暗暗的风月。六十三回，贾蓉对尤二姐和三姐说：凤姑娘那样刚强，瑞叔还想他的账。

可见也只是暗暗的风月，即使贾蓉明知凤姐对他有暧昧的好感，也并不曾逾矩。

十六回，贾蓉要从贾琏那里求得建省亲别院的一个工程：他在灯影儿后头悄悄的拉凤姐儿的衣裳襟儿，凤姐会意，也悄悄的摆手儿佯作不知。

他们二人之间的亲昵和默契，超然于所有人。

更不必说贾蓉和贾蔷合力惩治调戏了凤姐的贾瑞，这样极其隐私的事情，凤姐拜托给了贾蓉。

自诩刚强坚贞的凤姐，那年端午节合族在清虚观打醮祈福，一个各处剪蜡烛花的小道士躲闪不及，撞在凤姐的怀里，被凤姐一扬手一个大嘴巴，并骂道，小野杂种，往那里跑？

张张致致，拿捏作势，因此塑造了一个刚强的凤姐的形象。

而贾蓉的两次出现，都是为求事。

再之后漫长的时光里，几乎没见到贾蓉和凤姐的交集。只贾蓉对贾珍说起过一句关于凤姐和平儿商量着当东西弥补亏空的事。

并无私情。

直至贾琏娶尤二姐事发，凤姐大闹宁国府，和贾蓉有个面对面的质问场面，末了说那贾蓉悄悄地央告了几句私心话，凤姐也就怏怏回去了。

私情。贾蓉和凤姐是确凿无疑有的。

然而结局呢？尤二姐死后，贾琏烧埋，戚本里有这样写：贾蓉指了指大观园的墙界。贾琏会意，只悄悄跌脚说，我忽略了，终究对出来，我替你报仇。

不知为何，高本却删了这一小段。

回想一下凤姐的虚荣和凶残，贾蓉的轻浮和荒淫，奸人的风月何尝有信有义，有的只不过是暧昧纵情和之后的彼此弃绝罢了。

光明晴雯

良儿偷玉，坠儿窃金。

《红楼梦》的写法就是这么如山如屏，对对开来。

坠儿被晴雯撵出了大观园。坠儿是谁家的孩子？坠儿的母亲是一个平平常常的园子外供差使的女人——只得忍着羞耻，抱恨领了坠儿出去。

为何抱恨。晴雯对坠儿的惩罚有二：一是用一丈青扎坠儿的手心；二是即刻自作主张唤坠儿的母亲领坠儿出去。

一个三等丫鬟被一个二等丫鬟撵了出去，当然会抱恨。但因为坠儿没有什么背景，即使晴雯凶狠决绝，也不会受到坠儿的报复。

一丈青是什么？古代女子放在枕边的一种首饰。头端为钺斧或蛇矛的形状，尾部锋利尖锐，除了用于装饰发型，还有女子防身的作用。

其时，袭人母亲去世，不在怡红院。且撵人这样的大事情，应请示王夫人。然而晴雯行使了不该有的权力。

所以坠儿窃金并被撵出园子，是晴雯越权，终于令袭人和王夫人动怒并起了杀心的核心原因。

有宝玉的疼爱做仰仗，有自己的能干和伶俐可人做资本，晴雯在怡红院的肆意已经几乎要超越袭人了。

勇晴雯拖着病体熬了半宿为宝玉补孔雀氅，几乎和之前的一模一样。对于这件事，袭人后来说：怎么我去了几天，你病的七死八活，一夜连命也不顾，给他做了出来，这又是什么原故？

晴雯对宝玉“真”的缘故。

对照袭人对宝玉的姿态。通房大丫鬟。这个定位是极其准确的。未来的妾。宝玉初试云雨的对象。那袭人自从和宝玉有了这事，便时而有早早躺下等着宝玉去逗她的举止。后来又为了要尊重，常一副凛然之姿，不和宝玉胡顽。两人的关系色为核心。

再看宝玉对宝钗的感情。他们二人第一次认认真真地彼此打量，是在第八回，宝玉眼里的宝钗，重在穿着装扮。宝钗眼里的宝玉，亦是重在穿着装扮。这之后有数次宝玉对宝钗的动情，竟只在肌肤和容貌上。一次是宝钗身上的香气。一次是宝钗丰满洁白的臂膀。一次是宝钗软怯娇羞的神情。色为核心。

回想一下宝玉对黛玉的感情。二人第一次相见，黛玉眼里的宝玉：好生奇怪，倒像在那里见过。宝玉眼里的黛玉：一双似喜非喜含情目……虽没见过，却看着面善，心里倒像是远别重逢的一般。

再看宝玉对晴雯的感情。晴雯撕扇。晴雯拌嘴。晴雯织补。晴雯洁身自好，并不与宝玉出格。晴雯也是贾母派使给宝玉的，同袭人一样，只地位低一等。但晴雯从未有以云雨之事和向王夫人表忠心的堂堂然言行令自己上位。晴雯死前挣扎着同宝玉交换了内穿的小袄。宝玉写下《红楼梦》全书中最长的一篇文章来祭悼晴雯。并以白海棠的枯萎来对照晴雯的命运，引起袭人的不满。袭人说，就算白海棠之枯对照也应该对照的是自己，哪里能轮到晴雯这个小丫头呢。

袭人对晴雯的不满和挤兑，皆因她已看出宝玉和晴雯的感情才是真心有义并相投的。如同宝玉对黛玉的感情，更是知音和知己的高度。这一点，袭人和宝钗皆望尘莫及。

正因为这个望尘莫及，晴雯和黛玉的存在惊扰了王夫人利益集团的绸缪。

晴雯的死已经暗示了黛玉必然的病死。那个眉眼像林妹妹的丫头，说的就是晴雯。

如山如屏，对对开来。

连理枝

其实迎春和惜春，还有周姨娘的眉眼和行动在整部《红楼梦》中几乎是模糊的。那探春刚烈决断了三五次，也特写了她的居所秋爽斋的阔朗和英气。但究竟也是客气的写法。

什么是不客气的写法？见板儿。吵着要肉吃，争着要柚子和佛手，哭着要姥姥。

不客气，其实是不见外，是饱含了更深更真的感情。或许曹雪芹最后十年的黄叶村岁月，正是由长成大人的板儿照应的。

再看那贾母和贾政、王夫人。被一个皮囊和身份包裹得几乎严严实实，不敢有微毫的亵渎。除了悲伤就是欢喜，偶有愤怒。但终究无多少绵绵或峥嵘、暴露真实性情的笔法。是因为不敢犯上，恪守的人间伦理。

王夫人亦是藏奸狠毒之人，然而掩饰得几乎滴水不漏。贾母是贵胄之家的一家之长，享受着皇族的奢靡，必得用对刘姥姥的暖老温贫和烧香拜佛来平衡内心的暗忧。贾政，说是最能铁肩担道义、拯溺扶危，然而他与奸人雨村结交得甚好。

曹公善于巧写。大平之人必有裂隙——贾政的妾赵姨娘眉眼何其可憎，却能得贾政护爱。曹公善于一笔带过，看似匆匆，实则有意留下约略痕迹——七十八回有这样的句子：近日贾政年迈，名利大灰。

可见纵观其一生，名利心贯穿始终，是儒家端派的人的灰暗底子。

大恶之人也有壮丽的性情——雨村对娇杏的自作多情和有始有终。凤姐对贾瑞的疾恶如仇。薛蟠对柳湘莲的真情报恩。

大真大美之人也刁钻得可厌——黛玉和晴雯的每每自视甚高。

细细忖度贴合着写，按说只写宝玉袭人宝钗黛玉晴雯、凤姐便可。那次要人物，在三五个事件里大放光姿，也就罢了。然而有两个小人物，竟然被格外经心地用了细细皴染的写法来写。

贾芸和小红。

先看果。脂批里说到，贾府萧条败落之后，贾芸和小红，还有那当年因一碗枫露茶被撵了出去的茜雪，一起去狱神庙慰藉并帮助宝玉和凤姐他们。

见出贾芸和小红结为夫妇的安良气象。

大有作为。脂批里有说过贾芸日后的情形。

奸邪婢岂是怡红应答者。脂砚斋在二十七回小红遭秋纹、碧痕谩骂这一情节里写下这样的批注。

其实这并不冲突于小红真实的为人。

脂砚斋只是说，站在麝月秋纹等大丫鬟的立场上，看见有二等丫鬟想要上位做出的表现，便会视为有攀高枝妄想的奸邪之徒。

再回头看起事之处。住在“廊下”的五嫂子的儿子贾芸，一张容长脸儿，这一日进贾府找贾琏谋一点建造大观园的事体。那时，身在大观园怡红院里的小红，亦是容长脸面，身材细挑，面容俏丽干净，为二等或者三等丫鬟，连宝玉的屋子都不能进得，郁郁不得志中。更常常要忍受大丫鬟对她的欺压。

这样的一对人物，各怀心事，偏偏在怡红院碰着了。小红第一次见到贾芸，下死眼把贾芸盯了两眼。这场景颇有《红楼梦》第一回里掐花的娇杏猛抬头看见雨村，又回头一两次再看的风味，是有结果的一对人，以曹公善用暗合的写作法子来推理。

这之后二人的第二次相处。宝玉遭了魔魇，贾芸带着家下小厮坐更看守，大约是为了怡红院里阳气重些，镇守之意。那小红同众丫鬟也在这里守着。两厢在人群里多看几眼的情况定是有的。

第三次遇见，坠儿引着贾芸过蜂腰桥，小红用了心机也来了，二人四目恰好相对。小红脸一红。

这之后小红被凤姐钦点，去了她那里做大丫鬟；贾芸则完成了他此生开创的第一个事业，进园子种树。是用的醉金刚倪二资借的十五两三钱银子打通凤姐和贾琏的关系。

步调一致，双双含情，心高志长，清醒明白人。这是两个人的特点。

那贾芸的好处其实有三：对冷酷的舅舅宽以待之；对恩人倪二心怀感激；对母亲孝顺至极。

那小红的好处有四：虽是大管家林之孝的女儿，却从不骄纵，虽有抱负，也不过是本分做着进不了屋子的小丫鬟；偶遇对眼的贾家本府的哥儿，便含蓄而积极地争取这份良缘；并是个极其有见识的，整部《红楼梦》，也只她一个人说出来这大胆的话：谁守一辈子呢？不过三年五载，各人干各人的去了，那时谁还管谁呢；与凤姐答话的那一段落可见小红的心清眼亮伶俐乖巧，有胆识和志气。

此后一直到第八十回，再不见小红。晴雯说过：有本事从今儿出了这园子，长长远远的在高枝上才算好的呢。

一语成谶，曹公喜欢这么写。贾芸和小红结为夫妇，早有各种伏笔。

到了三十七回，贾芸送宝玉两盆白海棠至怡红院。并附信一封，落款“男芸跪书”。他在和宝玉第一回见面里，就顺情认了宝玉为父。

这之后，二人再未出现。

忖度着慢慢写，对贾芸和小红是颇有耐心的，硬是把一段爱情的形成写得完完整整。《红楼梦》里爱情的完完整整，宝玉和黛玉，宝玉和晴雯，柳湘莲和尤三姐，再无其他。

内心有抱负，刚直不阿，行事却从不嚣张跋扈。是《红楼梦》中极其低微的人的特点。所以令人敬爱喜欢。

凤姐认了小红做干女儿，宝玉认了贾芸做干儿子，虽都有富贵闲人的玩笑和随心之意，但凤姐和宝玉落难于狱神庙的时候，这两个人应时而出。自然令人落泪。

妙玉总收

当年那癞头僧在地陷东南的姑苏城说英莲乃有命无运累及爹娘之物，舍我吧，舍我吧。

癞头和尚亦在黛玉三岁的时候在扬州出现，对林如海夫妇说要化黛玉出家，否则先天里的弱症一辈子都不会好，除非不能有哭声。

还有一个妙玉。生在苏州，自幼多病，到底入了空门，方才好了。师傅圆寂时说，不宜回乡，在此静候，自有结果。遂造化弄人来到贾府。

她们这三个少女，在大观园里时，南边的父母亲朋全无，身体虽无大碍但羸弱，几乎命悬一线，却都是如何的心中有主意和傲骨。

那英莲自言自语的话，看客不要忽略了——卖于冯公子的当晚，英莲自叹道：我今日罪孽可满了。

她自五岁被拐，长至十二三岁，心中何尝就懵懂无丘壑和痛苦呢？

安静寡语脾气好，在大观园里是真正安分随时守拙的一个，未曾有过一丁点儿心眼和心机。诗痴香菱写过的诗：梦醒西楼人迹绝，余容犹可隔帘看。是在思念一见钟情却早早夭逝的冯公子？

自有结果。妙玉的师傅说的结果究竟指的是什么？

妙玉的命运签：欲洁何曾洁，云空未必空；可怜金玉质，终陷淖泥中……到头来，依旧是风尘肮脏违心愿。

宝玉的结果，凄凉黄叶村；黛玉的结果，夭逝潇湘馆；红玉的结果，与贾芸结为夫妻，勤勤恳恳过起兴旺人家的小日子；妙玉的结果，滚滚红尘无踪影；香菱的结果，夭逝薛家。

《红楼梦》写成之后，有个自称畸笏叟的人做眉批：纵有千年铁门槛，终须一个土馒头。自称槛外人的妙玉只钟情这两句诗。也自称“畸人”，零星之人的意思。好生眼熟。贾府的家寺：铁槛寺。喜荣华正好，恨无常又到。这两句话便说完了一部《红楼梦》。正对应了铁门槛和土馒头两个词。眼前无路想回头，身后有余忘缩手。

也许根本就没有妙玉这个人，曹公只是在自传里总收了这么一个人。总起的是甄士隐。妙玉说的正是少年时代的一干美玉般的男儿和女儿，入空门或是不入，终究被命运抛掷到那家亡人散各奔逃的境遇。从此美玉陷入污泥。

大荒山无稽崖青埂峰下，玉兄，你去那“昌明隆盛之邦，诗礼簪缨之族，花柳繁华地，富贵温柔乡”游历了一遭，禅悟出了什么？你可还会眷念则那笏满床、木石前盟？

闻说道，西方宝树唤婆娑，上结着长生果。《红楼梦》判词里最祥瑞的一句话。可以送给日后仗义救助凤姐和宝玉等罪人的红玉。《红楼梦》中还有一个仗义行侠的人，醉金刚倪二。都是和贾芸结缘的人。

什么是日后的结果？有结果的人不过就是那些个重情重义有玉德的人：红玉和贾芸，焦大李贵和焙茗，刘姥姥和板儿，宝玉和湘云，探春，平儿，麝月，开到荼蘼花事了。

鸟兽散

凤尾森森，龙吟细细的潇湘馆。多少宝黛往事在这里上演。元春当日省亲言：此中潇湘馆、蘅芜院二处，我所极爱。

贾府崩塌之前，宝玉的挚爱里，第一个出大观园死在外面的是晴雯。紧接着宝钗为避抄检大观园嫌疑搬出园子，蘅芜院寂静无人空空落落。宝玉大吃一惊后心想，不如还是和袭人厮混，与黛玉相伴，只这两三个人，只怕还是同死同归。

话里的意思非常明显。只这两个人是靠得住的。(再看那将来袭人去嫁蒋玉菡。原来只黛玉是可以相伴终老的。然，黛玉早已病逝了。幸而，湘云重现了。)

少年的千红一窟，青年的万艳同悲，鸟兽散的开端，到来了。这是七十八回。

香菱备受夏金桂薛蟠宝蟾的折磨，血脉渐干。眼见着香菱和碧纱窗内的黛玉就要夭逝。此时的迎春回娘家，诉说孙绍祖之恶。迎春的死也近了——作践的，公府千金似下流；叹芳魂艳魄，一载荡悠悠。

《红楼梦》前八十回里的最后两句诗文：古人惜别怜朋友，况我今当手足情。

把死别生离一桩桩经历过来的宝玉，回想秦钟死，蒋玉菡逃，金钏儿投井，尤三姐自刎，柳湘莲出家，尤二姐吞金……闲愁胡恨，情色若痴，语言常乱，怔忡起来。埋下悲心。

到那黛玉一死，宝黛的过往便一幕幕清晰如画起来。

三回，二人相见，大吃一惊，从未谋面，似曾相识。宝玉第一次摔玉。

八回，雪天里和黛玉一起在薛姨妈处饮酒，黛玉为宝玉戴斗笠。

九回，宝玉去学堂前跟黛玉辞别，蟾宫折桂四字，才子佳人在舞台上。

十九回，宝玉和黛玉斯斯文文躺着对着脸儿说话，讲了一个耗子精的故事。

二十二回，因把小旦貌样与黛玉比，黛玉负气宝玉和湘云。

二十五回，凤姐用茶叶开黛玉和宝玉的玩笑。

二十六回，黛玉每日情思睡昏昏，宝玉玩笑话“若共你多情小姐同鸳帐”。惹来黛玉啼哭。及至晚饭后，黛玉去怡红院找黛玉，晴雯不开门，复啼哭。

二十八回，黛玉葬花，宝玉第一次表衷肠。

二十九回，张道士说亲，宝钗得了和宝玉一样的贵妃赐物，黛玉不快，宝玉第二次摔玉。贾母说，不是冤家不聚头。

三十二回，宝黛互认对方是知己，宝玉告白，睡里梦里也忘不了你。

三十四回，宝玉受笞后，托晴雯给黛玉送去旧帕子。

五十七回，紫鹃试宝玉。

七十九回，黛玉同宝玉一起修改祭文……

摔玉已有一有二，那就应该还有三。应是黛玉亡故时，宝玉恨不能立刻死，遂摔玉。

俱往矣。又过去些许年，黄叶村的曹公，饱经沧桑历尽飘摇，下笔写《石头记》——

青青园中葵，朝露待日晞。阳春布德泽，万物生光辉。常恐秋节至，焜黄华叶衰。

真玉

宝玉、黛玉、红玉、妙玉。大观园里四个以玉为名字的孩子。

凤姐说，讨人嫌，你也玉，我也玉。

二十二回里，黛玉问宝玉，至贵者是宝，至坚者是玉。你有何贵？你有何坚？宝玉竟不能答。二人拍手笑道，这样钝愚，还参禅呢。

一部《石头记》，参悟的正是玉德。

那癞头和尚是儒家，跛足的道士是道家。庄子的《南华经》是宝玉常读的经典。《诗经》三百篇里每每说的玉德焉能不为曹公心下敲定——

《诗经·卫风·淇奥》：有匪君子，如切如磋，如琢如磨……如圭如璧。

《诗经·秦风·小戎》：言念君子，温其如玉。

一落胞胎嘴里便衔下一块五彩晶莹的玉来……

这玉是如何的来历？说那女娲炼石补天之时，单单一块未用。此石灵性已通，自去自来，可大可小。

女娲补天之地，不周山，正是昆仑山。女娲熬炼五色石。白青黄红黑。正是昆仑山和田玉的五种主要颜色。

《红楼梦》中宝玉所衔的美玉正是老和田玉。

自古以来，唯有和田玉被称为真玉。即有灵性的玉。一除邪祟，二疗宿疾，三知祸福。

老和田玉何尝不是《红楼梦》中的真正主角？它怀着一颗火热心肠，冷眼把一场聚散离合观毕，自此，也如那柳湘莲斩断头发，跟了跛足道士而去了。去那离恨天。

《红楼梦》中一切人事的视角，皆出自那本是块大石的小小美玉。它必然是俯瞰的姿态，一万个小角落也不会遗落。千红和万艳，哪一个不是生动、似曾相识。

你瞧它：大如雀卵、灿若明霞、鲜莹明洁、莹润如酥、五色花纹缠护——只有和田玉的籽料才是这般模样。

开篇，美玉说，如是我闻。

末了，美玉问，于意如何？

是为“石头记”，一块石头的传记。

弗洛伊德认为人格结构由本我、自我、超我三部分组成。本我即原我，是指原始的自己，包含生存所需的基本欲望、冲动和生命力。本我是一切心理能量之源，本我按快乐原则行事，不理会社会道德，贾宝玉的本我则是那块补天留下的顽石——“不觉打动凡心，也想要到人间去享一享这荣华富贵……”

超我，是良知或内在的道德判断。则贾宝玉的灵魂深处为贾宝玉的真身吧。

自我，处于本我和超我之间，代表理性和机智，具有防卫和中介职能，它按照现实原则来行事，充当仲裁者，监督本我的动静，给予适当满足。是神瑛侍者也。因不忘使命。

作为本我的石头，借神瑛侍者去凡间投胎为人的机会，化身美玉，附着于神瑛侍者之身，完成到“昌明隆盛之邦，诗礼簪缨之族，花柳繁华地，温柔富贵乡”去安身乐业的愿念。本质是欲望。

玉德

孔子在《礼记》里说：夫昔者君子比德于玉焉。温润而泽，仁也；缜密以栗，知（智）也；廉而不刿，义也；垂之如队，礼也。叩之其声清越以长，其终诎然，乐也；瑕不掩瑜，瑜不掩瑕，忠也；孚尹旁达，信也；气如白虹，天也；精神见于山川，地也；圭璋特达，德也；天下莫不贵者，道也。

也就是说，玉有十一德：仁、智、义、礼、乐、忠、信、天、地、德、道。

焦大。贾府老祖宗宁公的贴身小仆役。荣公和宁公是兄弟。贾母是荣公长子贾代善的妻子，和焦大、清虚观的张道士，是同龄人。拖进马圈嘴里塞满马粪，焦大只出现了这一场。他说，我要哭老太爷去。忠良老人也。

李贵。李嬷嬷的儿子，宝玉的小厮里的头儿。知大体，撑大局。智也。

焙茗，宝玉小厮里的第一能人。欢快之人。八十岁说起贾府往事时涕泪横流。

刘姥姥，在这京都脚下听来多少宫里的传闻，把人间事已参透。有信有义。

黛玉和晴雯，表里如一，瑕瑜天然。

平儿，温润有礼。一个仁爱的人。

贾芸和倪二，互为信义。

尤三姐和柳湘莲，一个知耻气贯长虹，一个追悔地动山摇。

湘云，大说大笑，光明磊落，活泼天真，乐者。

鸳鸯，温柔廉洁，尊贵着自个儿。

贾兰，少小志气高，守礼之人。

宝玉，爱天下的美和好，温和亲切，仁义之人。

一部浩大《红楼梦》，有玉德的人不过这些个。中品的人是大多数。恶品的人则如贾珍贾赦贾蓉贾琏贾雨村薛蟠，凤姐王夫人邢夫人赵姨娘贾环宝钗和袭人等。

情里无淫

戚蓼生在《红楼梦序》中言：欲求其一字一句之粗鄙猥亵，不可得也……盛衰本是回环，万缘无非幻泡……而万千领悟，便具无数慈航矣。

慈航。元妃曾在栊翠庵题写匾：苦海慈航。

人生虽苦，守德为美。

偌大一部《红楼梦》，究竟谁是最完满玉德的人？

且让我们回到尤三姐自尽的那一个时刻里——尤三姐一面泪如雨下，左手将剑并鞘送与湘莲，右手回肘只往项上一横。可怜“揉碎桃花红满地，玉山倾倒再难扶”。

山中高士晶莹雪，给了世外仙姝寂寞林的林黛玉。

“玉山”二字是给了尤三姐的。自古以来，唯昆仑山谓之玉山。

《红楼梦》无随意之笔。再说一次。春秋笔法，微言大义、史笔、缓且有旨。此回的总批如是言：余叹世人不识“情”字，常把“淫”字当作“情”字。殊不知淫里有情，情里无淫，淫必伤情，情必戒淫，情断处淫生，淫断处情生。三姐项上一横，是绝情，乃是正情；湘莲万根皆消，是无情，乃是至情。生为情人，死为情鬼。故结句曰“来自情天，去自情海”，岂非一篇至情文字？

玉，石之美者，有五德：仁、义、志、勇、洁。

尤三姐的仁爱。择夫后，念佛吃斋敬奉老母。也见其体察宝玉爱护女子的心。

义，凛然的心灵。凌辱群凶，分辨得清是非美丑。

志，能识湘莲。定要嫁给自己一眼中意的人。

勇，敢爱敢表达敢以死证明自己的誓言和清白。三姐与柳湘莲、尤二姐梦中相叙一段，蒙回后总评：真有孝子悌弟、义士忠臣之慨，我不禁泪流一斗，湿地三尺。

洁，虽寄居贾府，在秽人贾珍贾蓉的屋檐下过活，却在知耻后保持着自己的清白，表里如一。

蒙评：三姐活是红拂文君一流人物。

宝玉、黛玉、妙玉、红玉，小玉微惭。尤三姐，被命名为一架玉山。《红楼梦》透光之处。

有冤金钏

从宝玉出荣府，和焙茗去十里外的水仙庵焚香祭祀死去的金钏儿这事倒推，便可知，金钏儿的死为何在章回题目里被称为：含耻辱情烈。

其实这是一个关于公道与否的疑案。金钏儿两次逗宝玉吃她嘴上的胭脂，并略有嬉皮笑脸地同宝玉说彩霞和环儿的玩笑。王夫人动怒，赶金钏儿出园子。合情合理，看客可以不十分同情金钏儿的遭遇或曰下场，只觉得这个女孩调皮的分寸逾了矩，所以招来祸端。

如同后来晴雯被赶出园子，在此前她对红玉、坠儿等人的跋扈之态，脂批说这就是祸源。

曹公三十二回写金钏儿生前最后的活灵活现。史笔，白描。清淡笔力未见深情，是冷面冷心铁定了如此写来，让一个活泼爱闹笑、略轻浮的女孩儿瞬间断失生路。十三回秦氏死畸笏叟有眉批，隐去天香楼，是不忍下笔也。

可见《红楼梦》叙事，有忍心下笔和不忍心下笔之分。

以不忍心笔，完成伦理上的必须如此之立场。如对贾政贾母王夫人薛姨妈等至亲长辈的刻画，几乎是含混的。不过如泥菩萨端坐罢了。隐去正邪。

秦氏虽不是长辈，但她的皇族格格身份，和曾对阿凤的托梦嘱语，心系贾府未来命运——畸笏叟最终命芹溪删去天香楼一节，正在人间伦理道义中。

忍心下笔，则是曹公狡猾之处。要在那情感的烟云模糊处道伦理不可道明之实相。不诉说出来便有块垒。所以要用八十回夏金桂的出场，利剑直指王熙凤。夏便是王的镜中影，刁钻、贪酷、心机深、狠毒、泼烈。

那么金钏儿屡屡对宝玉的玩笑话除了没有遵守大家婢女该有的礼节，是否果真含有警幻仙子言的情淫和色淫，从而玷辱了贾府，带坏了宝玉呢？

或是金钏儿的行事举止言谈早已令王夫人不耐烦，终于触怒，遂趁此机会赶了出去。

然，金钏儿究竟是有冤的。从祭祀时候焙茗替宝玉祷告的话语里见出：你在阴间保佑二爷来生也变个女孩儿，和你们一处相伴，再不可又托生这须眉浊物了——直将宝玉心事说破。

由此倒推，知道金钏儿的真实心底和为人。这不过就是一个爱浑说浑笑的小少女罢了，把小少年的风月小爱情当好玩事，并没有把宝玉看作一个异性——从小一起玩大的，另一种青梅竹马。

《红楼梦》中死去的人物，金钏儿之后是和贾琏私通的鲍二媳妇。脂批说此女子倒也有气性。

金钏儿是刚烈，鲍二媳妇是有气性。金钏儿是含耻辱，鲍二媳妇是又羞惭又惊惧。既有了羞惭，可见终有一悟。

云烟模糊处啊，可知德与不德的界限，竟然也常有难辨。只因人的身上生来便是正邪两存的。善善恶恶，一念之间。

用鲍二媳妇事件反写出凤姐的坏——小人，妒妇，恶妇，奸诈。蒙批在尤二姐死的章回里说她“满腔都是荆棘，浑身都是爪牙”。

用金钏儿事件反写出王夫人的本来心底——翻手为云覆手为雨，愚，冷。

也用金钏儿事件反写出林黛玉心底里亦有的自私和冷漠。她必然是知道了凤姐生日那天宝玉一袭纯素同焙茗去城外祭祀了金钏儿这事。黛玉善于一语双关，指桑骂槐：“这王十朋也不通的很，不管在那里祭一祭罢了，必定跑到江边子上来作什么！俗语说‘睹物思人’，天下的水总归一源，不拘那里的水舀一碗看着哭去，也就尽情了。”

之后，宝玉不予理会黛玉的讥诮，只是回头要热酒敬凤姐。

整部《红楼梦》，宝玉对黛玉若有微词，就在这里了。

宝玉祭祀那日，是凤姐的生日，也是金钏儿的生日。只玉钏儿是宝玉的知己——宝玉之私祭，玉钏之潜哀。府里的大热闹里，玉钏儿独自悄悄抹眼泪。宝玉回来见她赔笑说，你猜我往那里去了？玉钏儿之前的那句话大有意味：凤凰来了，快进去罢。

宝玉和金钏儿调笑事件里，两个当事人，同是家中凤凰般的人物。如今一个至宝至贵，一个含耻落黄泉。人生来不平等？世间从无绝对的公正？

于无可奈何中见玉钏儿的可怜可爱和大度。

除了焙茗，另有一个懂得宝玉的人，那就是贾母，她曾说过宝玉上辈子是个丫头托生的，所以爱和女孩子在一起，这样的话。

静者

若是大雨天，北静王在家里也会穿蓑衣、斗笠、棠木屐，静坐。

宝玉也这样装扮来看黛玉，黛玉含笑说，哪里来的渔翁呢？

但凡中国山水画里，不来个渔翁，就来个闲坐的淡淡人影，都是向往出世做清净道人的意思——远离人境，把身体里的浊气和挂念排除干净。方与那向往的蓬莱仙人为同路也。志向乃是《红楼梦》二十二回里一首诗《寄生草》——

> 漫揾英雄泪，相离处士家……赤条条，来

去无牵挂。那里讨，烟蓑雨笠卷单行？一任俺，芒鞋破钵随缘化！

方以类聚，人以群分。志气高下，并不只在人间的经济仕途里。

《红楼梦》里有此超然心思者，宝玉、北静王、柳湘莲、惜春，以及跟随道人小跑而去的甄士隐。

黛玉为私情困终身。她确是一个清静亦机敏的女孩，却不能离恨。

李纨是心如槁木，有执念——唯贾兰将来蟾宫折桂为大快、报效亲夫能事。

妙玉可曾就是一个飘飘小道人？非也，因她内心存着不能够体恤人间老贫的念。这又是一个末世之族里的人。宦海风波里残余的苟保性命者。心头大恨和不平一日不平息，即使参禅修行，也只是表象罢了。蒙批说她：妙玉尼之怪，图名。

是不纯粹也，亦是末法也。

《红楼梦》里开篇就有那冷子兴演说，说到贾敬好道——他只在城外玄真观修炼，烧丹炼汞，和道士们胡羼，别的事一概不管。贾敬的结局是吃炼丹腹胀破而死。这一个邪途的修炼过于丑恶。

修行的两种与那风月里的两种相同。义人的风月，奸人的风月。

《红楼梦》开篇则是大荒山无稽崖下一僧一道挥霍谈笑，生出补天的遗石去人间历练一场的事体来。

所生的事，是实是虚？

所生的事的缘起，是虚是实？

水中花，镜中月，真亦是假，假亦是真。散即是聚，聚即是散。情是幻，幻是情。色乃空，空即色。出世却是入世，入世却是出世。以淫解淫，以毒攻毒。

北静王是《红楼梦》塔尖上的人物。虽文中有元春贵妃和圣上这两个更上的人物。然而北静王离宝玉最贴合，是知己也。

《红楼梦》最讲知音知己。唐代诗人陈羽有诗：十年劳远别，一笑喜相逢。又上青山去，青山千万重。

这是古人的风度。

娇杏偶因一回顾，便为人上人；宝黛相遇；小红和贾芸；尤三姐在人海里见到柳湘莲；多年后丧偶（卫若兰）的史湘云和宝玉重逢（一芹一脂）。落难的宝玉，拯难扶危的北静王，他们在后来的二三十回里又见面了。

修道，虽在人世而心趋于出世的人，并不为来世的飞升，只静坐一隅罢了；飞升念，等同于人间的经济仕途上、利来利往中、做出人头地者的孽念，亦是内心无大澄澈者。

北静王，静者。《红楼梦》里的渣滓在八十回后的二三十回里渐尽。他必然再次出现——“水溶连忙从轿内伸出手来挽住”。大义也。

《牡丹》《西厢》

《牡丹亭·作者题词》有曰，人世之事，非人世所可尽。

《红楼梦》想说的也正是此意。否则何以全文洋洋洒洒八十万字，含情处皆有《牡丹亭》和《西厢记》的影子。

第九回宝玉去私塾读书，特地到黛玉房里与她道别（郑重）。黛玉正在窗下对镜理妆（小娘子风味。镜里恩情。《红楼梦》里黛玉在镜中出现过，麝月出现过），莞尔一笑说，好，这一去，可定是要蟾宫折桂去了……

末了又紧跟一句：你怎么不去辞你宝姐姐呢？

对应《牡丹亭》文：他年得傍蟾宫客，不在梅边在柳边。

黛玉通晓人事。

《牡丹亭》还有文：情不知所起，一往而深……颦有为颦，笑有为笑。不颦不笑，哀哉年少。

黛玉小名为宝玉所起，颦儿。脂砚斋称其“颦卿”。

他年宝玉与宝钗大婚：昨日黄土陇头送白骨，今宵红灯帐底卧鸳鸯——回头皆幻景，对面知是谁。

《西厢记》讲的是一个始乱终弃的故事。为天下有情人眷念和忧心——元稹弃崔莺莺时候反诬她为“尤物”“妖孽”：“不妖其身，必妖于人，”“予之德不足以胜妖孽，是用忍情。”

黛玉疑宝玉不专情，从宝钗到湘云。玉钗良缘、玉同金麒麟。自古以来，负心从来读书人。

当宝玉某日对紫鹃脱口而出：好丫头，若共你多情小姐同鸳帐，怎舍得叠被铺床——会惹怒黛玉。只因那红娘和崔莺莺的结局是被张生辜负并抛弃。

警幻仙子即使身为仙子，也咬牙说：更可恨者，自古来多少轻薄浪子，皆以好色不淫为饰，又以情而不淫作案，此皆饰非掩丑之语也。

以贾琏和尤二姐之恋对照，则贾琏此种富贵少年多好色者，只知一味淫邀艳约、私订偷盟，即使对尤二姐喜欢得每每情难自禁，甚而互许了终身，也不过是有了秋桐，便把二姐抛掷脑后。直到二姐吞金自尽，他才悔恨痛伤起来，又是跺脚又是赌咒又是叹息，发誓要报仇，却不过是公子口角。形式总大于内容。

黛玉小少女博览众书，且天分里有极好的慧心，便深谙了人间风月情愁的——终难定！

所以会有那句：你心中自然有妹妹，只是见了姐姐，就把妹妹忘了。

历练之人才能说出的话。

然，宝玉又确是黛玉的知音。葬花一段里，宝玉和黛玉同是惜花人。二十三回，二人葬花后，梨香院里传来女孩子们演习的歌声：原来姹紫嫣红开遍，似这般都付与断井颓垣，良辰美景奈何天，赏心乐事谁家院……则为你如花美眷，似水流年……花落水流红，闲愁万种。

汤显祖《牡丹亭》说：情不知所起，一往而深。生者可以死，死可以生。生而不可与死，死而不可复生者，皆非情之至也。

宝黛之恋，情关生死，是为绝恋，亦是情殇——有的人是虽死不死的。

脂批说：前以《会真记》文，后以《牡丹亭》曲，加以有情有景消魂落魄诗词，总是急于令颦儿种病根也。

活着

活着的不堪。

四十一回末蒙批：刘姥姥之憨从利。

一进大观园的刘姥姥顺着墙根儿找到周瑞家的，张皇着坐在凤姐的房里，听见钟摆打起来，眼睛瞪得溜圆，紧着丫头婆子满地乱跑，凤姐下来了。刘姥姥缩手缩脚在一旁听蓉儿和她说屏风事。终于，末了，凤姐给刘姥姥二十两银子。赶着城门未关，匆匆回黄叶村。

二进大观园的刘姥姥同贾母众人游宴。找个寿高的贫苦妇人喧谈，是行善积德，贾母的心思，要弥补富贵人家的豪奢所带来的损德和损福。

满头插花、用银筷子夹鸽子蛋、讲笑话、讲古、用海碗喝酒、手舞足蹈如牛魔王，热闹了两三天之长。被林黛玉讥笑为母蝗虫。

为利而装憨，便为失节，所以被讽则在情理中。又那妙玉弃了刘姥姥用过的茶盅，是为第二次的被蔑。

有暖老温贫之心的在鸳鸯和平儿这里能见。一进时候，周瑞家的对平儿讲明刘姥姥来的大意，平儿便当即作了主意：叫他们进来，先在这里坐着就是了。二进，鸳鸯替贾母张罗送刘姥姥的东西。没有忘记刘姥姥喜欢的小面点果子。细致之举，善念为源。

刘姥姥后来大义救巧姐儿，是她乃有德、感恩之人，亦是那些个往事里的小细节敦促她如此去做。

三进大观园，三次都为忍耻：当年的乞讨救助之不得不屈人二等，为博取众人笑而装憨卖傻之耻，令板儿娶巧姐儿更是忍耻。

《红楼梦》中不多的义人之一刘姥姥，活法里也绕不过去的“不堪”二字。

不义之人如赵姨娘之流的不堪，更是若獐若鼠。几乎人人喊打。同是妾身份的周姨娘虽地位卑微，却中平，因为无险要害人之心，无气不平的高耀之心，则守住了“德”这个字，几乎不会有不堪。

贾雨村亦是一个不堪之人。乱判葫芦案和抢夺石呆子扇子案，虽为贾府出力卖好，却落得个荣宁二府里的人只是躲远着他为要。为利失节者，自取其辱。

贾赦贾珍不堪——虽暂时不沾祸纲，而从此放胆，非破家灭族不已。见赖大嬷嬷言：那珍大爷也不管一管自己，这些兄弟侄儿怎么怨的不怕他。

真难堪！

薛蟠的不堪则在于他被粗俗好色之心左右，家世显赫气昂昂的他，被柳湘莲暴打，又娶进河东狮吼，令伪英雄拔剑环顾，茫茫然。

贾赦和邢夫人的难堪，是被鸳鸯丫头的贞节凛冽映照出他们内心的猥琐。后以鸾和凤两个侍妾填补心内的不堪。强占石呆子的古扇后，被自己的儿子贾琏训斥“为这点子小事，弄得人坑家败业，也不算什么能为”。父子起争执乃至打起来。

真不堪！

尤氏的不堪——宁府的淫乱，尤氏的母亲尤老娘带着她的两个妹妹为了生存寄居而沦入下流，和后来的贾珍大开赌场海吃海喝，尤氏竟然只能做一个木呆的旁观者。惜春赶走入画的时候对尤氏说：……每每风闻得有人背地里议论什么多少不堪的闲话……我若再去，连我也编上了。令尤氏颜面扫地。

邪人里还有个坠儿，怡红院的小丫鬟。为贾芸拉纤，为利所趋。所以眉眼低下猥琐。后窃平儿的虾须镯，被赶出贾府。不堪，不堪。晴雯病中恨之，用一丈青直戳她的手心。

坠儿，罪儿的谐音。人人都有原罪，人人都有不堪。《红楼梦》真是写尽人间事的第一本大书。

天下父母

为天下父母一哭。脂批每每如是说。

先是甄士隐粉妆玉琢的独女英莲在元宵夜被拐，又一场大火烧去家宅，这就落入了下世的光景。他开悟后小跑追上跛足道人一把抢过道人背着的褡裢，从此离了红尘——有龙象力者（脂砚斋爱用的三字，形容一个人的超然决断力）方能放得下。他若心里尚存着一点牵念，则是那孤帆远影飘摇的小女英莲。

紧接着林如海丧妻，怕小女林黛玉跟随多病的他孤寂受苦，便宁愿自个儿是孤寂的，将她托付给了贾母。名曰收养。

在太虚幻境这一回里，警幻仙子说偶遇宁荣二公之灵，乃被嘱：吾家自国朝定鼎以来，功名奕世，富贵传流，虽历百年，奈运终数尽，不可挽回者。故遗之子孙虽多，竟无可以继业。其中惟嫡孙宝玉一人，禀性乖张，生情怪谲，虽聪明灵慧，略可望成，无奈吾家运数合终，恐无人规引入正。幸仙姑偶来，万望先以情欲声色等事警其痴顽，或能使彼跳出迷人圈子，然后入于正路，亦吾兄弟之幸矣。

及至刘姥姥和女婿狗儿商量如何去贾府求得一点儿救济，挨过这个贫穷的冬天。亦是为天下父母心叹息。

至于薛姨妈时时得拘着点薛蟠、代儒为儿子贾瑞料理丧事、秦钟父暴打秦钟后自己气亡、元春含泪省亲、宝玉受笞等，皆是做父母的一片赤诚苦心。

到了尤老娘这里，便真真是为天下母亲一哭了。六十三回，贾蓉戏言要为二姐三姐相两个有根基又富贵又年轻的夫婿。那尤老娘只当是真话，忙于瞌睡中惊醒，问是谁家的。这个“忙”字见出成天只知装愚守拙的尤老娘内心命悬一线的担忧。

三姐自尽，二姐吞金，只剩个尤老娘，所倚靠的尤氏却是一个做不了主的女人。为尤老娘一哭。

脂批爱说的：为天下父母痴心一哭。

脂砚斋究竟是书中哪一个？

第二十二回的凤姐点戏，有批：脂砚执笔事，今知者寥寥矣……

当日是凤姐生日，湘云被贾母挽留，多住了两日。

第二十六回有批：将余比作钗、颦等，乃一知己，余何幸也！一笑。

与黛玉和宝钗平行而来者，唯有史湘云。

则脂砚斋必是书中史湘云也。

爱情

一段小枯荣，罢了。

那一僧一道末了去当年女娲补天之地，昆仑山无稽崖下，与玉兄同说《红楼梦》往事——也不过就是人世沧海桑田里的一段小枯荣。如海底珊瑚年年复年年生长出的一毫米。

第五回宁府花园梅花开得正好；第七十七回阶下好好的一株海棠花竟无故死了半边。脂砚斋有批言：那红尘中却有些乐事，但不能永远依恃，况又有“美中不足，好事多魔”八个字紧相连属，瞬息间则又乐极悲生，人非物换，究竟是到头一梦，万境归空。

“寒冬噎酸虀，雪夜围破毡”的曹公，经历家变，终于“打破胭脂阵，坐透红粉关”。身在黄叶村，把前尘旧事历历想来，始知爱情是则个也——

> ……宝玉因让诸姊妹先行，自己落后。黛玉便又叫住他问道：“袭人到底多早晚回来。”宝玉道：“自然等送了殡才来呢。”黛玉还有话说，又不曾出口，出了一回神，便说道：“你去罢。”宝玉也觉心里有许多话，只是口里不知要说什么，想了一想，也笑道：“明日再说罢。”一面下了阶矶，低头正欲迈步，复又忙回身问道：“如今的夜越发长了，你一夜咳嗽几遍？醒几次？”黛玉道：“昨儿夜里好了，只嗽两遍，却只睡了四更一个更次，就再不能睡了。”

《红楼梦》开篇有言：“历来几个风流人物，不过传其大概以及诗词篇章而已；至家庭闺阁中一饮一食，总未述记。再者，大半风月故事，不过偷香窃玉、暗约私奔而已，并不曾将儿女之真情发泄一二。想这一干人入世，其情痴色鬼、贤愚不肖者，悉与前人传述不同矣。”

可巧可畏

脂砚斋说那善善恶恶，多从可巧而来，可畏可怕。说那住在葫芦庙、甄士隐隔壁的贾雨村是极险的一个人物。

他的出场，是贾府未来坍塌埋下的祸根。

“可巧的人”里还有个宝钗。

日后，宝钗的金玉良缘，拆散了宝黛的木石前盟。

黛玉曾悲叹：你既为我之知己，自然我亦可为你之知己矣，既你我为知己，则又何必有金玉之论哉；既有金玉之论，亦该你我有之，则又何必来一宝钗哉！……我虽为你的知己，但恐不能久待；你纵为我知己，奈我薄命何！

《红楼梦》是宿命说，是知音说。

真知音，假知音。真缘分，假缘分。真玉人，假玉人。二十年来辨是非。

脂砚斋离开这人世间的时候，嘴里会喃喃起曹公笔下史湘云曾经写下的诗句吧：神仙昨日降都门，种得蓝田玉一盆——

大觉，大悟。

回风舞雪，倒峡逆波、具菩萨之心，秉刀斧之笔，曹公撰成此书。

书成，观德，为了——儒家正心，道者炼心，释辈戒心。《红楼梦》乃救世书。

瞬息繁华

《红楼梦》里有一个好看的句子，十八回里写贾蔷采买的十二个女戏：

一个个歌欺裂石之音，舞有天魔之态，虽是装演的形容，却作尽悲欢情状。

这句话勘破了虚幻人世的机关——见《金刚经》末尾：一切有为法，如梦幻泡影，如露亦如电，应作如是观。

一切有为法，就是世间的万事万物，都是因缘起，都是相互依存的，都是无常的，就如同梦幻和水泡一样，都是会有破灭的时候。所以需牢记，活在当下，顺其自然，为所当为（既然一切的实质就是梦幻泡影）。

《心经》则有“远离颠倒梦想”之言。

脂批有言：娇杏是无儿女情长，故有夫人之分。

这句话无非讲的是娇杏是一个顺其自然者，反是整部《红楼梦》出场的女子中的大平之人、有结果之人。

麝月，开到荼蘼花事了。海棠树上晾手帕的女子、王夫人眼中笨笨的女孩。心胸同娇杏。落得了有结果——看守宝玉到最后的唯一之人。

俗语：急切者，百事无成，心无定象则诸幻丛生。

急切者，乃不顺应自然者、刚愎者。

《平家物语》说：表盛者必衰之兆。骄者难久，恰如春宵一梦；猛者遂灭，好似风前之尘。

十三回秦可卿去凤姐梦中嘱咐言，旁有蒙批：“瞬息繁华，一时欢乐”二语，可供天下有志事业功名者同来一哭。但天生人非无所为，遇机会，成事业，留名于后世者，亦必有奇传奇遇，方能成不世之功。此亦皆苍天暗中扶助，虽有波澜，而无甚害，反觉其铮铮有声。其不成也，亦由天命。其奸人倾险之计，亦非天命不能行。其繁华欢乐，亦自天命。人于其间，知天命而存好生之心，尽己力以周旋其间，不计其功之成与否，所谓心安而理尽，又何患乎一时瞬息。随缘遇缘，呜呼不可！

这段话对知命守节给出一个指导——心安和理尽，则是好。

急切者，林黛玉和晴雯，柳五儿何尝不是。那薛宝钗每每与宝玉和众人的距离在可控中，非她本无情，而是她深谙远即是近的道理。所以有薛宝钗签，任是无情也动人。

黛玉和宝玉的近，却是远。林黛玉签：莫怨东风当自嗟。

芳官在六十三回宝玉生日这天所唱汤显祖撰写戏文《赏花时》：翠凤毛翎扎帚叉，闲为仙人扫落花。您看那风起玉尘沙，猛可的那一层云霞，抵多少门外即天涯！您再休要剑斩黄龙一线儿差，再休向东老贫穷卖酒家。您与俺高眼向云霞。洞宾呵，您得了人可便早些儿回话；若迟呵，错教人留恨碧桃花。

词曲来自《邯郸梦》，一枕黄粱的故事。人生如梦。

门外即天涯。刘禹锡有诗：莫道两京非远别，春明门外即天涯。

莫道宝玉和颦儿一个住在怡红院，一个住在潇湘馆，踱步便来。然，一个转身就是天涯。

湘云签：只恐夜深花睡去——南柯梦。

贴己物

用过的旧手帕。贴己之物。含着私情，含着终身，含着托付，也含着销魂。

小红的旧帕子被贾芸捡走，好姻缘。

三十四回宝玉受笞后，请晴雯送两枚帕子去潇湘馆。林黛玉体贴出手帕子的意思来，不觉神魂驰荡。

贴己之物，乃大誓言，大誓不响；乃大风月，情淫交织。

可推出北静王送蒋玉菡大红汗巾子，有未可知的情感在里面。然，此汗巾子蒋玉菡转赠给宝玉。宝玉又转赠给袭人。虽寓意袭人和蒋玉菡的姻缘是前生已定的，但另一个深层的意思如蒙批所分析——

爱河之深无底，何可泛滥，一溺其中，非死不止。且泛爱者不专，新旧叠增，岂能尽了。其多情之心，不能不流于无情之地。究其立意，倏忽千里而自不觉，诚可悲夫。

多情最是无情人。

回想柳湘莲飘零江湖随身之物只家传的一对雌雄剑，却将这对剑交贾琏转尤三姐，是最纯洁刚强的盟约。情中无淫。后断定贾府只门口的石狮子是干净的，便决意要回一对剑。是不愿将最干净的爱情理想玷污了。而尤三姐用一把雄剑自刎，是因看见最干净的爱情理想破灭，遂不活了。紧接着柳湘莲从一场大梦中含泪醒来，挥起雄剑斩断头发，随跛足道人飘摇而去。

慧极则辱，情深不寿。

南柯一梦

文始，以唐张若虚的《春江花月夜》为曹公的文学美学奠基石。

文末，以北宋苏轼《前赤壁赋》烛照曹公洋洋浩浩《红楼梦》心语。

前赤壁赋

壬戌之秋，七月既望，苏子与客泛舟游于赤壁之下。清风徐来，水波不兴。举酒属客，诵《明月》之诗，歌“窈窕”之章。少焉，月出于东山之上，徘徊于斗、牛之间。白露横江，水光接天。纵一苇之所如，凌万顷之茫然。浩浩乎如冯虚御风，而不知其所止；飘飘乎如遗世独立，羽化而登仙。

于是饮酒乐甚，扣舷而歌之。歌曰：“桂棹兮兰桨，击空明兮溯流光；渺渺兮予怀，望美人兮天一方。”客有吹洞箫者，依歌而和之。其声呜呜然，如怨如慕，如泣如诉；余音袅袅，不绝如缕，舞幽壑之潜蛟，泣孤舟之嫠妇。

苏子愀然，正襟危坐而问客曰：“何为其然也？”客曰：“‘月明星稀，乌鹊南飞’，此非曹孟德之诗乎？西望夏口，东望武昌，山川相缪，郁乎苍苍，此非孟德之困于周郎者乎？方其破荆州，下江陵，顺流而东也，舳舻千里，旌旗蔽空，酾酒临江，横槊赋诗，固一世之雄也，而今安在哉？况吾与子渔樵于江渚之上，侣鱼虾而友麋鹿，驾一叶之扁舟，举匏樽以相属。寄蜉蝣于天地，渺沧海之一粟，哀吾生之须臾，羡长江之无穷。挟飞仙以遨游，抱明月而长终。知不可乎骤得，托遗响于悲风。”

苏子曰：“客亦知夫水与月乎？逝者如斯，

而未尝往也；盈虚者如彼，而卒莫消长也。盖将自其变者而观之，则天地曾不能以一瞬；自其不变者而观之，则物与我皆无尽也，而又何羡乎？且夫天地之间，物各有主，苟非吾之所有，虽一毫而莫取，惟江上之清风，与山间之明月，耳得之而为声，目遇之而成色；取之无禁，用之不竭。是造物者之无尽藏也，而吾与子之所共适。"

客喜而笑，洗盏更酌。肴核既尽，杯盘狼藉。相与枕藉乎舟中，不知东方之既白。

"逝者如斯，而未尝往也；盈虚者如彼，而卒莫消长也"句，与《春江花月夜》"江畔何人初见月？江月何年初照人？人生代代无穷已，江月年年只相似。不知江月待何人，但见长江送流水"的感慨何其吻合。

七十六回，中秋夜里合族人宴会散后，黛玉和湘云在凹晶馆联诗情景，与赤壁夜苏子与客对语何其吻合。

——黛玉湘云见熄了灯，湘云笑道："倒

是他们睡了好。咱们就在这卷棚底下近水赏月如何？”二人遂在两个湘妃竹墩上坐下。只见天上一轮皓月，池中一轮水月，上下争辉，如置身于晶宫鲛室之内。微风一过，粼粼然池面皱碧铺纹，真令人神清气净。湘云笑道：“怎得这会子坐上船吃酒倒好。这要是我家里这样，我就立刻坐船了。”黛玉笑道：“正是古人常说的好‘事若求全何所乐’。据我说，这也罢了，偏要坐船起来。”湘云笑道：“得陇望蜀，人之常情。可知那些老人家说的不错。说贫穷之家自为富贵之家事事称心，告诉他说竟不能遂心，他们不肯信的；必得亲历其境，他方知觉了。就如咱们两个，虽父母不在，然却也忝在富贵之乡，只你我竟有许多不遂心的事。”黛玉笑道：“不但你我不能称心，就连老太太、太太以至宝玉、探丫头等人，无论事大事小，有理无理，其不能各遂其心者，同一理也，何况你我旅居客寄之人哉！”湘云听说，恐怕黛玉又伤感起来，忙道：“休说这些闲话，咱们且联诗。”

……

湘云有诗句：窗灯焰已昏，寒塘渡鹤影。

湘云便是那鹤影，第四十九回写湘云：腰里紧紧束着一条蝴蝶结子长穗五色宫绦，脚下也穿着鹿皮小靴，越显得蜂腰猿背，鹤势螂形。

黛玉紧接着一句是：冷月葬花魂。

湘云说：……你现病着，不该作此过于清奇诡谲之语。

古人向来有诗兆之说。将死之人作诗常有悲音，有鬼气。

《阅微草堂笔记》里记录有鬼诗：……凭阑坐听谯楼鼓，数到连敲第五声。唐代诗人来鹏有诗：鹦鹉洲边夜泊船，昏灯独客对凄然……自嗟落魄无成事，明日春风又一年。此为除夕夜写的诗。金圣叹评曰：“真折寿诗也。”独客，泊船，雨雪纷飞，孤立无援，又是一年无成，绝望。来鹏后来客死维扬。

妙玉匆忙赶来所拼力扭转的诗句乃：钟鸣栊翠寺，

鸡唱稻香村。

曹公一生对庙钟情。先是甄士隐隔壁的葫芦庙。然后贾雨村在扬州踱步进了个破破烂烂的智通寺。到了贾府这里，有家庙铁槛寺和馒头庵。又来了个大观园里的栊翠寺。邢岫烟回忆多年前妙玉在她家隔壁的蟠香寺修炼。直至曹公去了北京西郊黄叶村写《石头记》，他就住在关帝庙的隔壁，遥遥可望见空庙。

“一局输赢料不真，香销茶尽尚逡巡。”钟鸣里，畸笏叟的眉批可见出无法释然的恸——三十年前事见书于三十年后，令余悲痛血泪盈面……不数年，芹溪、脂砚斋、杏斋诸子皆相继别去，今丁亥夏，只剩朽物一枚，宁不痛杀！

“冻脸有痕皆是血，酸心无恨亦成灰。”

后辈里贾兰毕竟是世禄之家、书香之族的后人，并且幼年时候就志气和自尊高于常人，摘取功名之事在常理常情中——鸡唱稻香村。

脂砚斋（史湘云）曾说：惟愿造化主再出一芹一脂，是书何幸，余二人亦大快遂心于九泉矣。

“茜纱公子情无限，脂砚先生恨几多。”

南柯梦——第六十二回湘云卧于山石僻处一个石凳子上，业经香梦沉酣，四面芍药花飞了一身，满头脸衣襟上皆是红香散乱，手中的扇子在地下，也半被落花埋了，一群蜂蝶闹穰穰的围着他，又用鲛帕包了一包芍药花瓣枕着……湘云慢启秋波，见了众人，低头看了一看自己，方知是醉了……

黛玉和湘云的夜半联诗——曹公用心良苦也。多年后，最懂每一个人性情的他们夫妇二人，联袂将这幢忽喇喇业已倒塌的红楼重新一砖一瓦一草一木砌出。如同惜春当年描摹大观园的每一个线条。

东方既白。黛玉和湘云“相与枕藉”潇湘馆，又是南柯梦。

脂砚斋在徐徐回望里最是热爱黛玉——不知乘月几人归，落月摇情满江树。

所以曹公会在第二十一回写她们二人：只见他姊妹两个尚卧在衾内。那林黛玉严严密密裹着一幅杏子红绫被，安稳合目而睡。那史湘云却一把青丝拖于枕畔，被只齐胸，一弯雪白的膀子撂于被外，又带着两个金镯子。

还是南柯梦。

李叔同说：欲来观世间，犹如梦中事，人生自少而壮，自壮而老，自老而死，俄入胞胎，俄出胞胎，又入又出无穷已，生不知来，死不知去，蒙蒙然，冥冥然，千生万劫不自知，非真梦欤？枕上片时春梦中，行尽江南数千里。今贪名利，梯出航海岂必枕上尔！庄生梦蝴蝶，孔子梦周公，梦时固是梦，醒时何非梦？广大劫来，一时一刻皆梦中。破尽无明，大觉能仁，如是乃为梦醒汉！如是乃名无上尊！

和黛玉共枕同寝者，还有一个人，是宝玉。十九回：宝玉笑道，去，不能，咱们斯斯文文躺着说话儿。说着，复又倒下。黛玉也倒下，用手帕子盖上脸……

《红楼梦》里多少伤心笔、堕泪笔——花落人亡两不知——不仅仅是黛玉一个人的诗谶，也是大观园万艳共同的诗谶。

八十回转眼即完。《红楼梦》究竟半部乎？一部乎？

既然真意已四通八达尽然显出，又何必非要一个“有始有终”的封号。

大方麝月

二十三回脂砚斋有批：袭人出嫁后云好歹留着麝月。

《红楼梦》中真玉人物，还有个麝月。虽和袭人在怡红院是一对儿，都得贾母王夫人信任，但从不藏奸，区别于袭人。

清代文人江顺怡说：惟袭人最可恨!

——奸者，自古至今，怎会不被人识破。玉德最重要的一条，内外一致——真。真的人。

开到荼蘼花事了——六十三回麝月掣的签。荼蘼不争春，寂寞开最晚。那脂砚斋亦说过：袭人出嫁之后，宝玉宝钗身边还有一人，虽不及袭人周到，亦可免微嫌小敝等患……周到者，失天然，见心机。略不周到者，反而是真人。

麝月的品性不单单只是安分守己可信托。怡红院有数次纷争，晴雯和坠儿妈吵架，干娘何婆欺负芳官，何婆旧病复发打亲女儿春燕，都是麝月一人婷婷而出。智商与口才，判断力和果决力，清白和公正，均属上乘。那时袭人气短他者七分，进到里屋不出来了。

但麝月在平日里恰恰不使用智慧施展所谓智者的手段。她的身影里没有假以正大仙容，实则鬼鬼祟祟。袭人有，宝钗有。麝月不是善于攀枝条的智者，她是慧根极好的一位俏也不争春的女子。所以，最后她如观音大士身边的仕女，陪伴在宝玉身边。

花袭人的奋斗已了结——她所向往的金字塔尖忽喇喇垮塌，那么她便也去了——花袭人有始有终，说的就是袭人的当断则断。

五回有诗句：镜里恩情，更那堪梦里功名。若这个恩情指向的是黛玉，便与功名一样，都是虚幻的水中月一场。但《红楼梦》中有最写实的一幕：宝玉为麝月篦头发，镜中的麝月，屋外轻轻站着的晴雯，天空中是正月里的碎雪粒，微笑的宝玉，曹雪芹写麝月于镜前——说着，将文具镜匣搬来，卸去钗钏，打开头发。

卸去钗钏，打开头发——就这八个字，对麝月美而温敦的貌样是不写之写，她是人世间大方的神，没有不堪。

此时，晴雯有玩笑语：交杯盏还没吃，到上头了。宝玉笑道：你来，我也替你篦篦。晴雯道：我没那么大福——晴雯早逝。

这样的一个关于麝月和宝玉的伏笔在第二十回——未来宝玉身边的最后一个怡红院旧知——麝月。

晴雯撕扇，麝月语出惊人：勿作孽。

晋张华言：安屋犹惧，乃可不亡。

《红楼梦》里爱惜物品者还有探春，虽远嫁海疆，但结果应该是好的。

春秋早期的管仲说玉有九德：温润以泽，仁也；邻以理者，知也；坚而不蹙，义也；廉而不刿，行也；鲜而不垢，洁也；折而不挠，勇也；瑕适皆见，精也；茂华光泽，并通而不相陵，容也；叩之，其音清扬彻远，纯而不杀，辞也。是以人主贵之，藏之为宝，剖以为符瑞，九德出焉。

别的人，即使是真玉之人，瑕瑜并存。如宝玉、黛玉、妙玉、小红；或有太重不堪，如尤三姐。

麝月有玉德，纯而不乱，不会有玉碎。神仙气的人，既不用攀缘枝条，更不用动辄天崩地裂，坚固、恒久。

麝月，月射，气贯长虹——玉和月的关系，彼此映射，人间唯有一物可与月同清辉，正是昆仑山下玉龙喀什河里的白玉籽——宝玉降生时口中所含之玉。在古代，人们在满月的夜晚走进河里寻玉、拾玉，用的方法就是月亮和玉光芒的对射。

人间难站

二十六回怡红院的小丫鬟佳蕙对小红说：可也怨不得，这个地方难站……

这个地方是指怡红院。

黛玉亦觉贾府“难站”，所以信手写下八个大字：无立足境，是方干净。

黛玉曾对湘云倾诉：何况你我旅居客寄之人哉！

《古诗十九首》里有：人生天地间，忽如远行客。乐府诗里有说：问客从何来，言从水中央。

人人都是客。既如此，则莫悲伤，要做那“韶华胜极”的人——像湘云大说大笑于人间，像探春远行三千里海路成就一番事业，像刘姥姥侠肝义胆心如炭火，像麝月温柔敦厚活得安良。

《红楼梦》是悟书，是救世书，是解脱书，是“漫揾英雄泪”的书。

小馬过河

有 态 度 的 阅 读

微 博 小马BOOK
公众号 小马文艺
小红书 小马book

抖音 小马文化
淘宝 小马过河图书自营店
微店 小马过河图书自营店

全案营销 小马青橙工作室
投稿邮箱 xiaomatougao@163.com

图书在版编目（CIP）数据

人间难站 / 忽兰著 . -- 北京：华龄出版社，2023.11

ISBN 978-7-5169-2616-1

Ⅰ . ①人… Ⅱ . ①忽… Ⅲ . ①散文集—中国—当代 Ⅳ . ① I267

中国国家版本馆 CIP 数据核字（2023）第 190486 号

人间难站

作　　者　忽　兰
责任编辑　梁玉刚
责任印制　李未圻
策划监制　小马 BOOK
内文制作　刘龄蔓

出版发行　华龄出版社 HUALING PRESS
社址　北京市东城区安定门外大街甲 57 号
邮编　100011
发行　010-58122255
传真　010-84049572
承印　定州启航印刷有限公司
版次　2023 年 11 月第 1 版
印次　2023 年 11 月第 1 次印刷
规格　787mm × 1092mm
开本　1/32
印张　7.75
字数　115 千字
书号　ISBN 978-7-5169-2616-1
定价　59.80 元